내 손바닥에 연꽃

카라탈라 카말라

Translated to Korean from the English version of Lotus on my Palm

Devajit Bhuyan

Ukiyoto Publishing

모든 글로벌 퍼블리싱 권리는

우키요토 출판

2024 년 발행

콘텐츠 저작권 © Devajit Bhuyan

ISBN 9789362699770

판권 소유.

이 출판물의 어떤 부분도 출판사의 사전 허가 없이 전자적, 기계적, 복사, 녹음 또는 기타 수단에 의해 어떤 형태로든 검색 시스템에 복제, 전송 또는 저장할 수 없습니다.

저자의 저작인격권이 주장되었습니다.

이 책은 출판사의 사전 동의 없이 출판된 것 이외의 어떤 형태로든 제본이나 표지로 거래, 재판매, 대여 또는 기타 방식으로 배포되지 않는다는 조건에 따라 판매됩니다.

www.ukiyoto.com

이 책은 스리만따 샤 카라데바(Śrīmanta Śaṅkaradeva)와 개, 여우, 당나귀의 영혼도 같은 신, 라마라고 믿는 전 세계에 사는 모든 사람들에게 바친다

(Kukura Shrigalo Gadarbharu Atma ram, janiya xabaku koriba pranam)

"지고한 주는 개, 여우, 당나귀의 영혼 속에도 머물러 계신다. 그것을 알면 모든 생명체를 존중합니다."

- 스리만타 산카르데프 (1449-1568)

목차

머리말 1

내 손바닥에 연꽃 4

산카르데바의 단순한 종교 5

하나의 제출처의 종교 6

산카르데바는 다시 돌아와야 한다 7

산카르데바의 종교에서 8

산카르데바에서 쓰레기 가져가기 9

제자들이 산카르데바를 방문하다 10

유니버셜 구루 산카르데바 11

아쌈의 금 12

브린다바니 바스트라(천) by Sankardeva 13

마음의 왕 14

산카르데바(Sankardeva) 출발 15

시바 경의 다리 16

돈의 손아귀에 있는 종교들 17

기도 18

돈 19

아쌈 코뿔소 20

남자 21

계곡의 경쾌한 분위기 22

번영하는 아삼 23

술을 피하십시오 24

전쟁 25

잘 했어요	26
불멸의 존재는 없다	27
색의 축제 (홀리)	28
치탈	29
축제 시즌	30
연령	31
어머니를 사랑하라	32
4월	33
다사라타(라마야나 이야기)	34
바라타(Bharata)	35
락쉬마나	36
라바 (라마의 아들)	37
하나님을 찾음	38
정직한 길의 전차	39
마음 조심	40
시간을 낭비하지 마세요	41
마음의 고통	42
몸의 손질	43
아이의 산책	44
마단의 유머	45
코코 원더 퍼그	46
바람	47
천연 허브	48
마음의 두려움	49

나무에 대한 두려움	50
정당 변화의 정치 (인도에서)	51
새로운 색상	52
다음 생에서의 만남	53
왕따	54
신부	55
태양이 떠오르게 하라	56
바라타, 서둘러	57
모두 사랑해	58
톰, 일을 시작해	59
사망 시	60
집 참새	61
돈의 반짝임	62
일할 준비를 하세요	63
성공적인 삶	64
골든 아삼	65
초	66
아와드 왕국	67
벨벳	68
달	69
토끼	70
싸움	71
코뿔소, 생존을 위한 반격	72
강물의 물결	73

모기	74
점성가	75
60 세	76
썩지 않는 어머니	77
사랑하는 아삼	78
사랑의 향유	79
가정과 가족의 정보	80
돈은 열심히 일해서 나온다	81
황소	82
화	83
블로우 핫 블로우 콜드	84
Hoity toity	85
새해의 사랑과 애정	86
3-4 월 아삼의 날씨	87
4 월의 사랑	88
낯선 세계	89
어머니의 사랑	90
구름	91
오용	92
옛날 옛적에	93
무가치한 사랑	94
아홈의 600 년 연속 통치	95
나는 성공할 것이다	96
불타는 꽃나무	97
아랍 사람들	98

밀림	99
Khaddar(카디 천)	100
아쌈의 향수 (Agarwood oil)	101
홍수	102
일의 열매 (카르마)	103
질투	104
모든 것이 평소와 같이 진행될 것입니다	105
거북이	106
까마귀와 여우	107
나만의 솔루션 찾기	108
아무도 당신을 끌어 당기지 않을 것입니다	109
질투, 질투, 질투로	110
필멸과 불멸	112
목적을 모른다	113
힘들게 번 돈은 어디로 사라질까요?	114
몽구스	115
하나님의 축복	116
죽은 나무가 되는 것이 더 좋습니다	117
나는 좀비와 함께 살고 있다	118
그리고 인생은 이렇게 흘러갑니다	119
실의	120
멈출 수 없는 기술	121
성 불평등	122
언젠가는 유리 천장이 없을 것입니다	124

하나님은 그의 기도원에 관심이 없으시다 125
작성자 정보 126

데바짓 부얀

머리말

스리만타 산카라데바는 1449 년 인도 북동부 아삼의 나가온 지역에 위치한 바르도와에서 태어났으며, 차와 뿔코뿔소로 유명합니다. 상카라데바는 어린 나이에 부모를 잃었고 자녀 양육의 책임은 할머니에게 맡겨졌는데, 할머니는 이 일을 아주 훌륭하게 해냈다. 어린 나이에도 불구하고 Sankara 는 정신과 육체의 위대한 힘을 보여주었습니다. 또한 이 무렵에 많은 초자연적인 사건들이 일어났는데, 이것은 그가 평범한 아이가 아니었음을 증명하였다. 산카라데바가 학교에 간 첫날에 쓴 첫 번째 작품은 **'카라탈라 카말라 카말라 달라 나야나**(karatala kamala kamala dala nayana)'라는 시입니다.

"কৰতল কমল কমল দল নয়ন।

ভব দব দহন গহন-বন শয়ন ॥

নপৰ নপৰ পৰ সতৰত গময়।

সভয় মভয় ভয় মমহৰ সততয়॥

খৰতৰ বৰ শৰ হত দশ বদন।

খগচৰ নগধৰ ফনধৰ শয়ন॥

জগদঘ মপহৰ ভৱ ভয় তৰণ।

পৰ পদ লয় কৰ কমলজ নয়ন॥

(카라탈라 카말라 카말라달라 나야나

바바다바 다하나 가나 바나 사야나

나빠라 나빠라 빠라 사타라타 가마야 Napara napara para satarata gamaya

사바야 마바야 바야 마마하라 사따타야 Sabhaya mabhaya bhaya mamahara satata

카라타라 바라사라 하타다사 바다나

카가차라 나가다라 파나다라 사야나

자가다가(Jagadagha) 마파하라 바바바야 타라나(Jagadagha mapahara bhavabhaya tarana)

Parapada layakara kamalaja nayana)"

이 시의 독특한 점은 전체가 자음으로 구성되어 있고 첫 번째 모음 외에는 모음이 없다는 것입니다. 역사에 따르면 Sankaradeva 는 학교에서 시를 작곡하도록 요청 받은 훨씬 더 나이가 많은 학생들과 함께 배치되었습니다. 그는 알파벳의 첫 번째 모음만 배웠는데도 그 뒤를 따랐습니다. 그 결과 크리슈나 경의 속성에 헌정되고 묘사된 절묘하고 감미로운 시가 탄생했습니다. 스리만타 산카라데바(Srimanta Sankaradeva)는 아삼 사회문화적 삶의 아버지로 여겨진다. 그는 또한 산스크리트어에서 유래한 아삼어를 현대화한 선조 중 한 명입니다.

스리만타 산카르데바는 또한 인도의 가장 위대한 사회 및 종교 개혁가 중 한 명입니다. 그는 15 세기 인도에서 통용되는 모든 종교 철학을 연구했고, 힌두교 의식에서 벗어난 힌두교의 새로운 종파인 에카 사라난 남 다르마(Eka Saranan Naam Dharma)를 전파했다. 그는 힌두교에 널리 퍼져 있던 하느님의 이름으로 동물을 희생 제물로 바치는 것을 반대하였습니다. 그는 또한 힌두교 문화의 카스트 제도에 반대하고 카스트와 신조를 초월하여 통합하려고 노력했습니다. 그의 유명한 말 "Kukura Shrigala Gordoboru atma Ram, janiya sabaku koriba pronam"은 *개, 여우, 당나귀를 의미하며*

모든 사람의 영혼은 라마이므로 모든 사람을 존중하십시오. 이것은 인본주의에 도달하여 *"죄인을 미워하지 말고 죄를 미워하라"*는 예수 말씀과 같이 인류에게 호소합니다.

스리만타 산카라데바(Srimanta Sankaradeva)가 보여준 길을 따라, 나는 산스크리트어에서 유래한 인도어에서 유래한 모음의 상징인 카르(kar)를 사용하지 않고 아삼어로 세 권의 시집, 즉 "카라탈라 카말라(Karatala Kamala)", "카말라 달라 나야나(Kamala Dala Nayana)", "보로포 고르(Borofor Ghor)"를 썼다. 이 책 "내 손바닥 위의 연꽃"은 아삼어로 쓰여진 내 책 "Karatala Kamala"를 번역한 것입니다. 모음을 사용하지 않고는 책을 영어로 번역할 수 없기 때문에 핵심 의미를 방해하지 않고 원작시의 정신과 주제를 유지하면서 번역이 이루어집니다. 독자들이 이 시집을 좋아하고 세상이 스리만타 산카라데바의 가르침과 이상에 대해 알게 되기를 바랍니다.

_____Devajit 부얀

내 손바닥에 연꽃

부르 플라워 나무 아래에서, 산카르데바는 잠을 자고 있었다
태양 광선이 그의 얼굴을 눈부시게 비추고 있었다
킹 코브라는 그것을 알아차리고, 햇빛이 상카르를 방해한다고 생각했다
코브라가 나무 구멍에서 내려와 그림자를 드리웠다
친구들과 주변 사람들이 이 광경을 보고 모두 놀랐습니다
산카르데바는 하나님으로부터 하늘의 축복을 받아야 합니다
그리고 그는 완전한 알파벳을 배우기 전에 첫 번째 시를 썼습니다
사람들은 그의 시를 진심으로 사랑했고 찬양하기 시작했습니다
그러나 동물 희생을 바친 제사장들은 많은 의문을 제기했다
왕은 코끼리를 사용하여 산카르데바를 죽이고 그의 시체를 부수라고 명령했습니다
그러나 그는 하나님의 은혜로 무사히 탈출했습니다
10년이 넘는 기간 동안 상카라는 지식을 습득하기 위해 성지를 방문했습니다
그는 깨달음을 얻고 돌아와 아삼어로 몇 편의 불멸의 시를 지었다
내 손바닥의 연꽃은 여전히 아삼 사람들에게 사랑받는 불멸의 작품입니다
보편적인 사랑과 형제애에 대한 그의 가르침은 아쌈을 부자로 만들었다.

데바짓 부얀

산카르데바의 단순한 종교

세상의 종교는 사랑이다
사랑으로 가는 길은 마찰이 아니라 선행이다
마음이 순수할 때 사랑에 이르는 길은 쉽다
단순하고 모든 것을 사랑하는 것이 좋은 종교이다.
분노 속에서 종교와 사랑의 길은 멈춰 서게 된다
우리는 항상 다른 사람의 종교는 뜨겁고 나쁘다고 말합니다
다른 사람의 견해를 존중하거나 용납하지 마십시오.
그 결과 종교는 무지와 억압의 도구가 된다.
모든 것을 사랑한다는 것은 간단하고 말하기는 쉽지만 따르기는 어렵습니다
그러므로 이러한 종교의 가르침은 결코 잡초처럼 퍼지지 않습니다
사람들은 욕망과 탐욕으로 종교 순례를 합니다
그러나 Sankar Deva 의 종교는 따르기 쉽고 필요하지 않습니다.
술은 구원의 길도 아니고, 무고한 동물을 죽이는 길도 아니다
두려움과 탐욕은 일과 인생의 목표가 아니다
오직 사랑과 사랑만이 참된 종교의 화살이다
돈, 탐욕, 증오, 근육의 힘은 만족의 길이 아니다
상카르 데바(Sankar Deva)의 말에 따르면, 욕망 없이 기도하면 구원을 얻을 수 있습니다.

하나의 제출처의 종교

하느님께서는 자신의 몸에서 복제하심으로 인간을 창조하셨습니다
우리는 우리의 삶을 전능하신 분께 바쳐야 합니다
발에 연꽃을 달고 기도합시다
시간의 화살은 그의 소원에 멈추고 모든 삶은 끝납니다.
'바라타(Bharata)'는 다사라타(Dasaratha) 왕의 집에서 태어난 라마 경(Lord Rama)의 형제입니다
라마는 사랑, 존중, 헌신의 중요성을 보여주었습니다
빛의 축제인 디왈리(Diwali)는 악에 대한 선의 승리로 기념됩니다
라마는 악과 부도덕의 상징인 라바나를 파괴하고 고향으로 돌아왔다
확립된 진리, 공평한 법치, 모든 주체에 대한 신뢰와 사랑
라마의 헌애자인 상카르 데바(Sankar Deva)의 가르침도 똑같습니다.
아쌈 사람들은 오늘날까지 상카르 데바가 보여준 길을 여전히 따르고 있습니다
카스트, 신조, 종교적 증오의 악마는 Sankar Dev 의 땅에서 환영받지 못합니다
그의 가르침과 기도 체계를 통해 그의 종교는 계몽적인 것이 되었습니다.

산카르데바는 다시 돌아와야 한다

상카르 데브는 다시 아쌈으로 돌아가 자신의 종교적 원리를 가르쳐야 한다
진보에 수반된 고통과 분열, 그가 근절할 수 있는 것은 오직 뿐이다
그의 땅에서 종교적, 사회적, 성차별의 보이지 않는 잡초
오직 그분의 가르침만이 인간 사회의 증오와 분열을 근절할 수 있습니다
그의 존재는 아삼족과 인도인들의 병폐 대부분을 제거할 것이다
산카르데바는 돌아와야 하고 아삼은 지구상에서 다시 빛날 것이다
그분이 침례를 베풀고 제자를 삼는 제도는 세계적인 것이 될 것입니다
사람들의 사고 방식이 바뀌고 형제애가 번성할 것입니다
그의 기도의 집인 "Namghar"의 사원은 새로운 차원으로 변모할 것입니다
하찮은 종교적 해석이라는 이름으로 벌어지는 차이와 다툼은 사라질 것이다
아삼 사람들의 마음가짐은 개방적이고, 넓어지고, 사람들은 사람들을 통합할 것입니다
세계의 사회문화적 환경은 결코 분열의 검고 짙은 구름을 못할 것이다.

산카르데바의 종교에서

상카르데바의 발에 연꽃을 피우자
전 세계적으로 그분의 제자를 삼읍시다
산카르데바의 종교는 매우 단순하다
그는 하나님은 유일무이한 분이며 표현할 수 없는 분이라고 말했다
하나님의 축복을 위해 하나님의 창조물을 희생할 필요가 없다
순수한 마음으로 하나님께 기도하는 것은 매우 간단합니다
하나님은 언제 어디서나 존재하시며 언제 어디서나 기도하십니다
뿐만 아니라 모든 동물의 왕국을 사랑하는 것이 참된 종교이다
마음을 담대하게 하고 선을 행하면 깨달음을 얻을 수 있습니다.

산카르데바에서 쓰레기 가져가기

마음은 항상 불안정하고 변덕스럽다
이를 극복하기 위한 상카르의 길은 간단하다
노년기에는 돈도 부도 평화를 가져다주지 못할 것이다
붐비는 해변 근처에 있어도 혼자 걸어야 합니다.
어떤 젊은이들도, 심지어 당신의 집에서도, 이야기하는 데 관심이 없을 것입니다
그리고 마음의 고통은 몇 배로 증가할 것이다
왜 인생의 마지막 날에 다른 사람들에게 짐이 되는가?
열린 마음과 마음에서 우러나오는 모든 갈망을 가지고 하나님께 기도하십시오
분명 상카르의 글은 구원을 향한 변덕스러운 마음의 길을 보여줄 것이다.

제자들이 산카르데바를 방문하다

손에 연꽃
사보(Sabot) 도보
'khot khot' 소리
Sankardeva 의 도착을 의미합니다.
제자들이 기뻐하다
상카르데바를 만나고 싶다는 그들의 열망은 구체화되었다
산카르데바는 밝은 태양처럼 보였다
제자들은 그분의 빛을 보고 깜짝 놀랐습니다
그들의 입에서 기도가 흘러나오기 시작했습니다
그들은 하늘의 기쁨으로 산카르데바의 기슭을 만졌다
제자들의 생활은 성공적이었다
산카르데바는 그들에게 자신의 현대적이고 단순한 종교로 세례를 주었다
산카르데바의 가르침은 서서히 들불처럼 퍼져 나갔다
아쌈의 하늘과 공기와 집들이 그의 시를 읊조리기 시작했다
아쌈의 사회문화는 새로운 국면을 맞이했다.

유니버셜 구루 산카르데바

산카르데바는 인류를 위한 보편적인 구루입니다
그는 선, 평등, 영성의 상징입니다
아무도 그와 동등하지 않으며 앞으로도 그럴 것입니다
상카르데바와 동시대를 살았던 소수의 사람들만 볼 수 있었다
한 분이신 하나님, 한 분이신 기도와 형제애가 전파되다
사람들의 마음의 어두움은 순식간에 사라졌다
탐욕스럽고 폭력적인 사람들이 의식을 되찾았다
Sankardeva 는 역사상 가장 위대한 극작가이자 감독이었습니다
그의 연극은 매우 빠르게 전파되어 아삼 문화의 중추가 되었습니다
인간에게만 국한되지 않는 상카르데바의 비전
그것은 이 행성 지구상의 모든 생명체의 생명을 포함합니다
영원한 아삼 민족의 대부(大父) 상카르데바.

아쌈의 금

하자랏의 집은 아랍 국가에 있었다
향수는 그의 정신과 종교에 매우 소중합니다
사우디 아라비아에서 탄생한 신흥 종교, 하자랏은 예언자였다
그 종교는 우상 숭배를 버리고 오직 한 분이신 하느님만을 숭배하였습니다
비제의적인 신흥 종교가 빠르게 인기를 끌었다
하지(Haj)의 순례는 연례 의식이 된다
얼마 지나지 않아 다른 종교들과의 다툼이 시작되었다
종교적 편협 때문에 전쟁이 발발하였다
세상 사람들은 종교 분쟁으로 많은 고통을 겪었습니다
비(非)아랍 세계의 사람들은 그 고통에 대해 무함마드를 비난했다
상카르데바는 모든 종교 간의 형제애와 보편적 사랑을 설교했다
이슬람교의 추종자들도 그의 제자가 되었다
아삼에서는 종교 십자군이나 분쟁이 일어나지 않았다
사회는 공동체의 화합으로 전진했다
산카르데바는 자신이 아삼의 황금임을 증명했다.

데바짓 부얀

브린다바니 바스트라(천) by Sankardeva

산카르데바는 제자들과 함께 기념비적인 천을 짜기 시작했다
명작 제작에 참여한 여러분 기뻐했습니다
크리슈나 경의 이야기는 이 한 조각의 천에 묘사되어 있습니다
전 세계가 브린다바니 바스트라의 아름다움을 보고 깜짝 놀랐습니다
이 독특한 천은 아삼 직조공과 섬유 산업의 왕관이 되었습니다
때때로 영국인들이 아삼에 와서 통치자가 되었다
Brindavani bastra 는 런던으로 옮겨졌습니다
그것은 여전히 대영 박물관에서 Sankardeva 의 영광과 Assam 의 직조공으로 빛나고 있습니다.

마음의 왕

아삼 사람들에게 샹카르데바는 마음의 새로운 왕이 되었습니다
아쌈의 지평선에서 그는 밝은 태양처럼 떠오른다
그분의 말씀과 가르침은 바람처럼 불어왔다
아쌈은 그에게 각광을 받았다
그의 저술은 개혁 힌두교의 종교 교적이 되었다
사람들은 그분의 추종자와 제자가 되기 위해 떼를 지어 왔습니다
힌두교의 의식은 평민들에게 단순해졌다
카스트, 신조, 부자와 가난한 자의 장벽이 무너졌다
사람들은 편지와 정신으로 그를 따랐다
그는 아삼에서 명실상부한 마음의 왕으로 대관식을 치렀다.

산카르데바(Sankardeva) 출발

상카르데바가 태어난 지 120 년이 흘렀다
성 상카르데바가 세상을 떠날 때가 도래했습니다
산카르데바는 어떤 왕도 제자로 삼지 않기로 결정했다
그러나 아쌈의 나라나라야나 왕은 그에게 세례를 주겠다고 고집했다
상카르데바는 킹이 더 많은 압력을 가하기 전에 세속적인 삶을 떠나기로 결심했다
그분은 하늘 거처로 떠나셔서 제자들에게 모든 보물을 주셨습니다
아삼과 벵골 전체가 그가 떠난 것에 충격을 받았다
사람들은 며칠 동안 울었고 눈물은 비처럼 내렸다
Sankardeva 는 그의 종교 문서와 다른 저술을 통해 불멸이되었습니다
오늘날까지 그의 시와 글은 아삼어의 중추이자 고전이다.

시바 경의 다리

이 세상의 드라마의 끝은 시바 신을 통해 일어납니다
죽음은 그의 거울에 비친 삶의 끝이다
Lord Shiva 는 이 우주에서 완벽한 댄서입니다
그의 영원한 춤의 마찰 속에서 별과 행성은 사라진다
그의 부르심에 은하들도 죽어 블랙홀이 된다
시바 신은 순수한 마음으로기도를 통해 쉽게 만족 할 수 있습니다
삶과 죽음은 창조와 파괴의 일부이다
그 누구도 죽음을 피할 수 없으며, 라마 경과 크리슈나도 마찬가지다
죽음의 신인 야마 왕조차도 시바 신의 전령에 불과합니다.

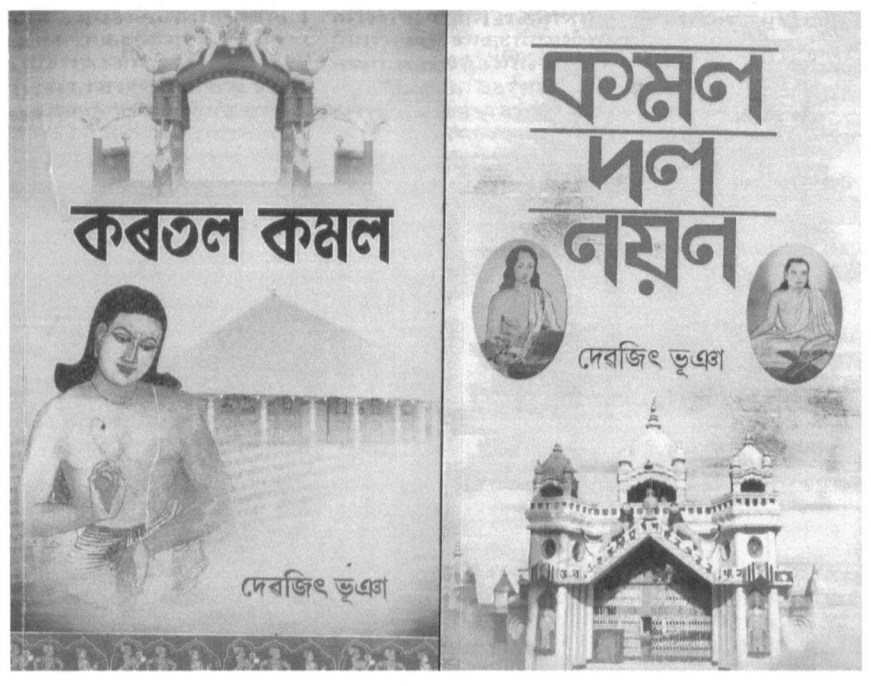

데바짓 부얀

돈의 손아귀에 있는 종교들

세상은 지금 죄와 거룩하지 않은 활동으로 가득 차 있습니다
산 정상과 심해조차도 자유롭지 않습니다
단순하고 전체론적인 삶을 좋아하는 사람은 아무도 없습니다
모두가 죄의 바다에서 헤엄치느라 바쁩니다
종교들은 돈의 손아귀에 있다
범죄자들은 돈의 힘으로 종교의 날을 세운다
돈 때문에 사제는 성스러운 샤워로 범죄자들을 칭찬합니다
언젠가 하나님의 환생이 일어날 것이다
세상은 증오와 죄와 범죄로부터 자유로워질 것입니다.

기도

마음을 깨끗이 하기 위해서는 기도가 필수적이다
사람들의 거미줄을 제거하기 위해서는 매우 중요합니다
기도는 순결한 마음으로 해야 한다
기도의 결과, 오직 우리만이 찾을 수 있습니다
모든 생명체에게 우리는 친절해야 합니다
탐욕 속에서 우리의 마음은 눈이 멀게 됩니다
오직 기도를 통해서만 긴장을 풀 수 있습니다
기도는 고독을 위한 중요한 도구입니다
기대 없는 기도는 태도를 바꿀 수 있다
기도를 통해 마음은 순수하고 건강하며 강해집니다
거친 말은 결코 혀에서 나와서는 안 된다.

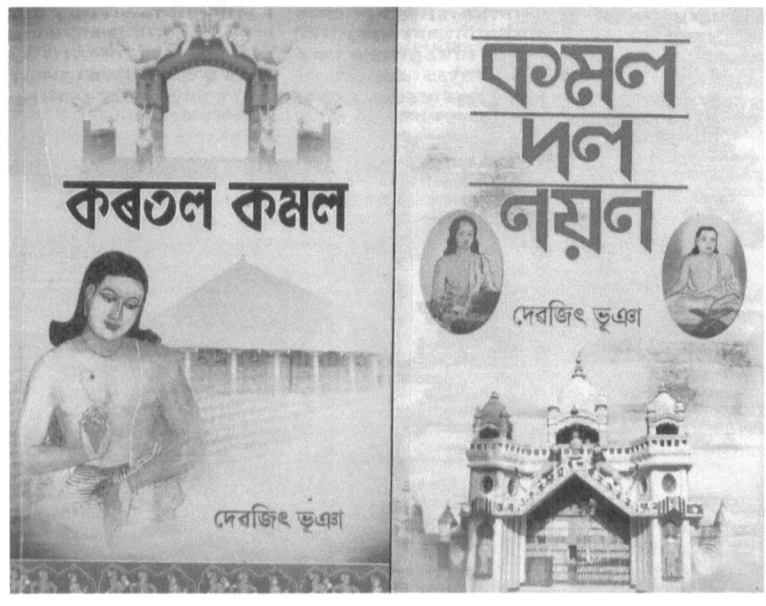

돈

이제 세상에서는 돈이 인간의 목표입니다
돈이 오면 영혼에 천상의 느낌을 가져다줍니다
그러나 돈에 대한 지나친 욕심은 정신을 중독되고 정적으로 만든다
돈은 필요를 채우기 위한 생존의 매개체로서만 필요하다
그러나 돈에 대한 욕망은 필수품이 아니라 탐욕일 뿐이다
나무에서 돈이 자라지 않는다는 것은 사실입니다
이 세상에서는 공짜로 돈을 벌 수 없습니다
돈을 벌기 위해서는 열심히 일하는 것이 유일한 열쇠입니다
당신의 세상은 결코 더 많은 돈이 있는 천국이 될 수 없습니다
욕심이 너무 많으면 쓴 꿀도 된다
돈은 결코 마지막 여정에서 동반자가 될 수 없습니다.

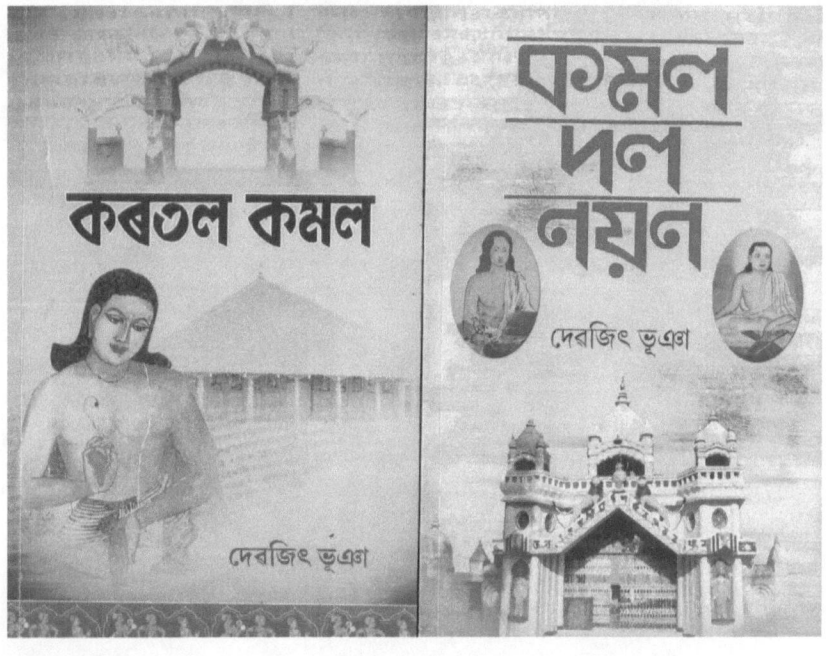

아쌈 코뿔소

오 그대의 인간이여, 부끄러워하지 말라
무고한 코뿔소의 뿔을 빼앗지 마세요
아쌈은 이 뿔 달린 동물로 유명합니다
대행사의 생존을 위해 협력
서식지에서 밀렵하거나 죽이지 마십시오
야생에서 방문하는 그들을 위한 사랑의 길을 만드십시오.
그들은 아삼의 영광이자 외로운 아이입니다
밀렵꾼이 코뿔소를 죽일 때 고통을 느껴보세요
그들이 대나무 근처를 돌아 다닐 때의 아름다움을 보십시오.
카지랑가는 많은 젊은이와 노인에게 생계를 제공했다
이 동물을 당신의 금으로 보호하기 위한 임무에서 자원 봉사자가 되십시오.

데바짓 부얀

남자

남자! 당신은 또 다른 세계 대전을 일으키지 않습니다
이봐, 당신은 계속되는 전쟁을 멈추고 중단합니다
전쟁을 계속하면 세계의 멸망이 멀지 않습니다
인류와 문명의 기초가 흔들릴 것이다
당신이 건설한 도로, 건물, 다리, 모든 것이 부서질 것입니다
몇 시간 안에 아름다운 대도시가 파괴될 것입니다
숲과 야생 동물이 뿌리째 뽑힐 것입니다
봄은 새들의 지저귐과 함께 오지 않을 것이다
더 이상 가축 떼는 없을 것입니다
남자! 당신은 아이들에게 적대 행위를 중단하겠다고 약속합니다
전쟁을 멈추기 위해서는 사랑과 형제애가 필요한 것이지, 합의 형식이 필요한 것이 아니다.

계곡의 경쾌한 분위기

높은 산에서 꽁꽁 얼어붙은 집들
손이 얼음이되어 움직일 수 없습니다.
뜨거운 수프를 마셔도 도움이 되지 않습니다
모직 옷은 몸을 따뜻하게 유지할 수 없습니다
알코올은 뜨겁지 않지만 몸을 편안하게 유지할 수 있습니다
몸을 따뜻하게 유지하려면 말뚝으로 여기저기 뛰어다닙니다
며칠 동안 식료품을 가지고 다니려면 가방을 가지고 다녀야 합니다
한 달 정도 지나면 얼음이 녹을 것입니다
물이 계곡을 따라 흐를 것입니다
계곡은 새로운 식물로 다시 낙관적일 것입니다
계곡의 새와 동물들은 봄을 즐길 것입니다
계곡에 녹색을 띠고 새로운 나무가 가져올 것입니다.

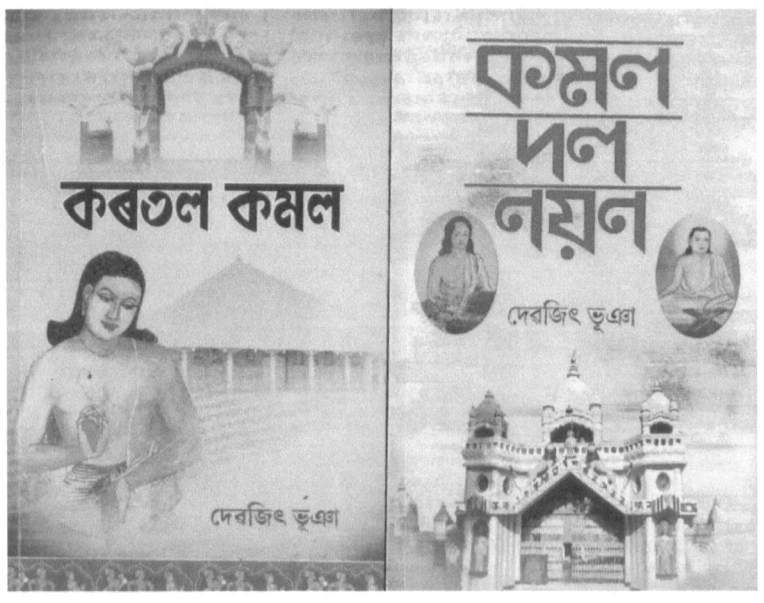

데바짓 부얀

번영하는 아삼

세계의 다른 지역과 마찬가지로 아쌈의 봄은 매우 소중합니다
이질적인 지역 축제의 날들이 서서히 펼쳐진다
직조공들은 축제 시즌에 행복하고 활동적입니다
셔틀을 짜는 소리는 새로운 차원으로 들립니다
연못에 연꽃이 피고 바람이 불어오면 춤을 춥니다.
코뿔소는 부드러운 풀을 먹기 위해 깊은 숲에서 나왔습니다
관광객들은 웃음과 재미로 열린 지프를 타고 그들을 방문합니다
때때로 코뿔소는 달리면서 차량을 쫓습니다
낯선 사람들이 세 사람 아래에서 맥주병을 엽니다.
날씨와 기후는 맑고 온화하며 자유롭습니다
아쌈은 꽃, 춤, 날아다니는 벌로 번성합니다.

술을 피하십시오

알코올은 아쌈과 같은 열대 국가에 좋지 않습니다.
덥고 습한 기후는 마시기에 도움이되지 않습니다
가라앉곤 했던 술을 파는 차밭 공동체
술을 피하려면 아삼 사람들은
도깨비와 농부의 이야기를 기억하십시오
술의 경우 가족 붕괴가 적절합니다
아쌈에서는 연꽃 당이 권력을 잡았지만
그들은 또한 알코올 샤워를 늘렸습니다
비윤리적인 술꾼들이 십대들에게 술을 팔고 있다
부모에게 불행과 긴장, 이제 며칠
아쌈과 같은 가난한 국가는 알코올 붐이 좋지 않습니다.
수익을 올리기 위해 술을 권유하는 것은 무례한 행동입니다.

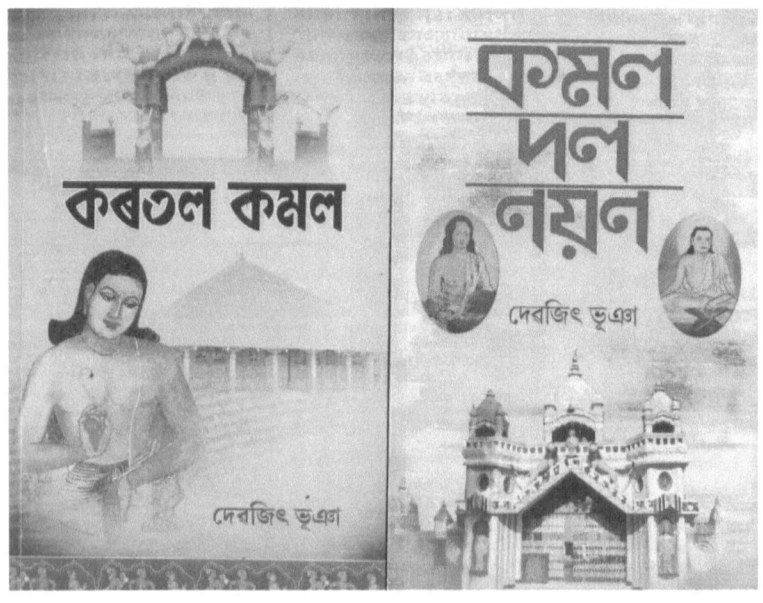

전쟁

전쟁은 농담이나 유머의 문제가 아닙니다
불멸의 존재도 전쟁에서 죽는다
전쟁은 가옥, 농업, 생계를 파괴한다
치솟는 모든 식품의 가격이
동물과 나무에게도 전쟁은 좋지 않다
아이들은 어머니의 죽음을 보고 두려움에 떨며 울고 있습니다
그들의 기도는 하나님 아버지께서도 듣지 않으셨다
이기주의자이자 소위 애국자라고 불리는 세계 지도자도 아니다
인류는 전쟁이 문명의 실수라는 데 결코 동의하지 않는다
아픔과 고난은 갈등의 최종 결과입니다
친애하는 지도자 여러분, 전쟁을 시작하는 것은 결코 허용해서는 안 됩니다
너희의 잔인함, 언젠가 역사가 고발할 것이다
세상을 평화롭게 만들려면 두뇌와 본능을 사용하십시오.

잘 했어요

좋은 일의 열매는 좋다
나쁜 직업의 결과는 고통입니다
하나님은 선한 일을 할 때 동행하신다
불공평한 일자리의 결과는 당신이 혼자 감당해야 합니다
중력은 나무에서 열매를 끌어당깁니다
그와 비슷하게, 좋은 직업은 하느님의 축복을 끌어들입니다
곧 당신의 작품이 빛나고 있음을 알게 될 것입니다.

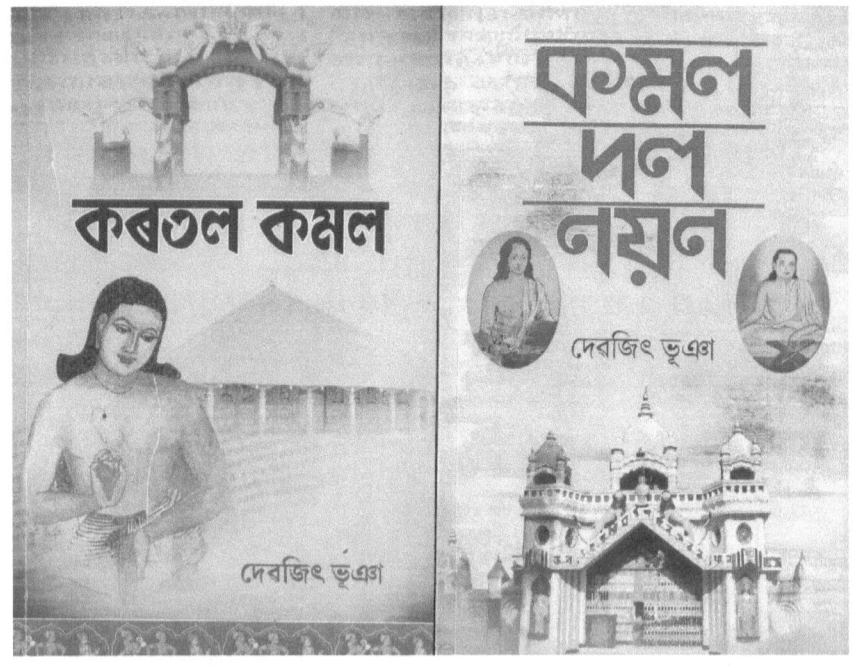

불멸의 존재는 없다

이 세상에 불멸의 사람은 없다
매 순간 우리는 죽음을 향해 나아간다
정직의 길에서 넘어지는 것을 두려워하지 마십시오
하나님에 대한 사랑으로 우리는 쉽게 그 여정을 감당할 수 있습니다
돈과 부에 열광하지 마십시오
돈으로 불멸을 살 수 없다
죽음을 두려워하지 말고 담대하게 마음을 강건히 하십시오
관대하고 친절하며 정직하게 살아가십시오
출발할 때 후회하지 않을 것입니다.

색의 축제 (홀리)

홀리(Holi), 색채의 축제
홀리의 사랑과 애정을 만끽하세요
색상의 물결, 빨강, 노랑, 파랑, 녹색 흐름
색으로 사람의 온몸이 빛나다
도시, 마을, 마을 어디에나 같은 정신
컬러의 위대함을 즐기는 것은 본능입니다
색채의 축제에서는 모두가 아픔을 잊고 하루를 즐깁니다
일곱 가지 색은 생명의 정신, 홀리 트레인의 테마입니다.

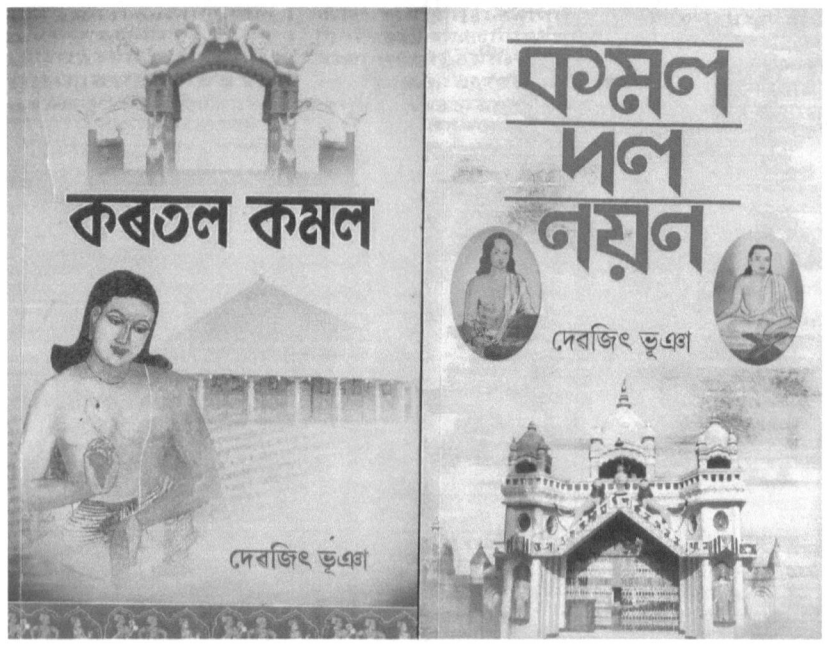

데바짓 부얀

치탈

치탈, 당신은 정글에서 행복하게 풀을 뜯습니다
그러나 인간을 의식하십시오
그들은 당신의 고기에 욕심이 있습니다
이길 수 없는 화살의 속도
Rhino 와 함께 돌아다니는 것이 좋습니다.
그리고 코끼리 근처에서 휴식을 취하십시오
당신은 인도의 아름다운 목걸이입니다
당신의 피부와 고기는 당신의 적 미디어입니다
숲이 줄어들면서 생존 여정이 어려워질 것입니다.

축제 시즌

넌 내 고통 동안 날 신경 쓰지 않아.
금전적 이득을 알고 나에게 달려왔다.
더운 여름에도 이제는 주저하지 않고 달릴 수 있습니다.
돈은 짜릿한 동기 부여의 재미입니다
축제 기간에도 소원을 빌 시간이 없었습니다
그러나 그대는 자신의 기쁨을 위해 산을 올랐다
하지만 친구에 대해 물어볼 시간이 없습니다
이제 당신은 달콤한 말을 하고 있는데 어떻게 믿을 수 있습니까?
너희의 모든 말은 오직 금전적인 이유와 욕망을 위한 것이다.

연령

노년기에 사람들은 정적이 된다
위층으로 올라가는 것조차 움직임을 싫어합니다.
그러나 사람들은 죽음을 두려워한다
끝나지 않은 소원, 직업, 욕망
죽음에 대한 두려움을 더욱 두렵게 하라
죽음이 너도 나도 살려주지 못하리라
그러니 왜 죽음을 두려워하고 그 순간을 즐기세요
영성과 전능으로 쓰레기를 가져 가라.
죽음에 대해 생각할 때는 가볍게 생각하십시오.

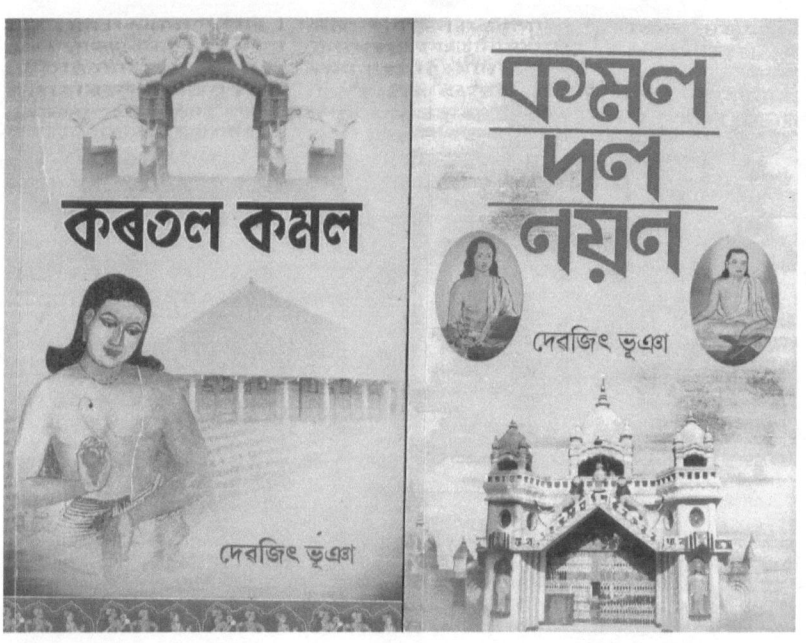

어머니를 사랑하라

네 어머니를 사랑하고, 네 어머니를 돌봐
그녀의 아픔 속에서는 사랑이 약보다 낫다
약만으로는 병을 치료할 수 없습니다
사랑으로 돌보는 것은 치유하는 마법의 힘이 있습니다
어린 시절을 기억하십시오
엄마의 손바닥의 감촉으로 기분이 좋아질 때
이제 당신의 손길로 노년기에 그녀는 평온함을 느낄 것입니다
당신의 애정 어린 손길보다 더 좋은 향유는 없습니다.

4월

아쌈에서 4월은 단순히 만우절의 달이 아닙니다
4월이 되면 모든 아삼인들의 마음은 떠오른다
추운 겨울이 지나고 계절이 바뀌었습니다
나무들은 춤추는 새로운 녹색 잎과 함께 있습니다
그리고 뻐꾸기가 망고 나무에서 계속 노래합니다
새 수건을 짜느라 바쁜 직조공들(가모사)
Rongali Bihu 축제, 기쁨의 축제가 문을 두드리고 있습니다.
남녀노소 할 것 없이 모두가 비후 춤을 연습하느라 바쁘다
비후(Bihu)는 브라마푸트라(Brahmaputra) 강둑에 있는 아삼족의 영혼이다
카지랑가의 코뿔소도 새로 자란 풀을 보고 기뻐합니다
4월은 단순히 달력상의 달이 아닙니다
4월(보하그)은 아삼을 푸르게 만들고 아삼 사람들의 마음을 밝힙니다.

다사라타(라마야나 이야기)

다사라타 왕의 화살에 눈먼 현자의 아들이 죽었다
현자의 저주 때문에 자식이 없는 다사라타는 자식을 얻었다
라마는 락쉬마나(Lakshmana), 바라타(Bharata),
스트라운(Straughn)과 함께 태어났다
또한 라마의 아내 시타는 네팔의 인근 왕국에서 태어났습니다
아버지의 약속을 지키기 위해 라마는 14년 동안 망명 생활을 했다
락쉬마나(Lakshmana)와 시타(Sita)도 라마가 망명하는 동안
동행했다
라마를 정글로 보낸 정신적 충격 때문에
다사라타는 바라타에게 왕좌를 물려주고 죽었다
시타는 정글에서 마왕 라바나에게 납치되었다
라마는 하누마나와 동료 원숭이들의 도움으로 랑카에 도착했다
시타는 구출되었고, 라바나는 죽임을 당했으며, 모두가 아유다로
돌아왔다
라마는 공평, 정의, 법의 지배를 갖춘 이상적인 왕국을 세웠습니다.

바라타(Bharata)

락쉬마나는 라마와 함께 정글로 갔다
바라타는 왕국에 남았다
그는 왕국을 다스리며 라마의 사보를 싱하산(의자)에 두었다
마법의 치탈이 락쉬마나를 속였다
Sita 는 정글 오두막에서 납치되었습니다
라마와 라바나 사이에 큰 전쟁이 일어났다
락샤만은 마왕을 쓰러뜨리는 데 중요한 역할을 했다
시타는 구조되었고 모두 행복하게 집으로 돌아왔다
바라타의 고통은 라마의 귀환과 함께 끝이 났다.

락쉬마나

현자들은 "락쉬마나, 라바나를 두려워하지 마라"고 조언했다
바람의 아들 하누만이 그림자처럼 너와 함께 있다
라바나는 시바 신의 신봉자이지만
그의 자만심과 오만함은 그의 패배로 이어질 것입니다
시간은 전쟁에서 매우 중요하며 최고의 무기로 적을 공격하십시오.
처음부터 최고의 무기를 사용하십시오
진실과 정직의 길은 언제나 악을 이긴다.

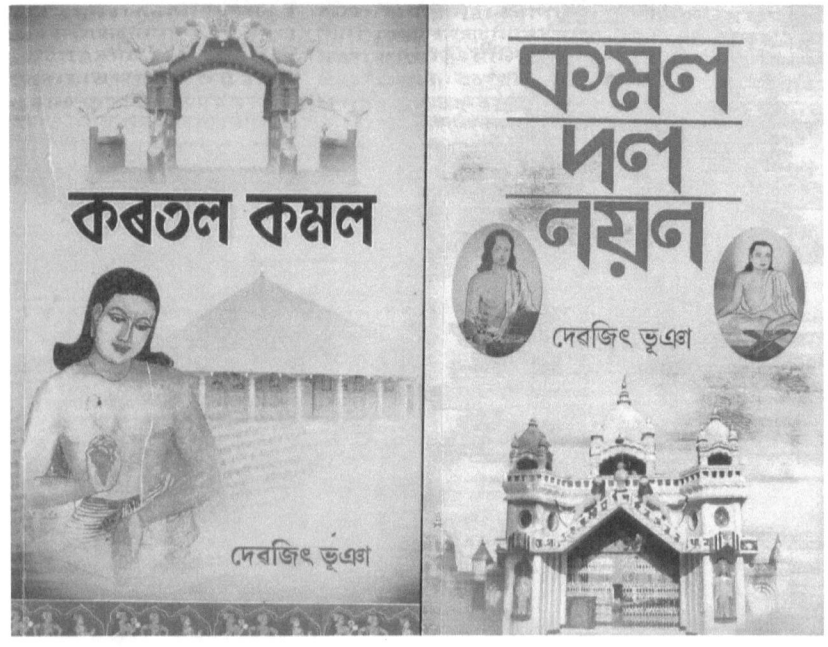

데바짓 부얀

라바 (라마의 아들)

라바는 다사라타 왕의 손자였다
젊고, 활기차고, 아름답습니다
리시와 현자의 아슈라마의 수호자
라바의 명성은 대륙 전역으로 퍼져나갔다
라마는 그를 집회로 불렀다
그의 동생 쿠샤도 그와 동행했다
라마야나의 이야기를 듣는 라마는 깜짝 놀랐다
쌍둥이 형제는 자신의 친아들이라고 라마는 인정했다.

하나님을 찾음

크고 큰 사원에서는 오늘날에도 동물을 제물로 바칩니다
버팔로의 피, 염소가 강물처럼 흐른다
사람들은 하느님을 기쁘시게 하기 위해 하느님의 자녀들을 죽입니다
어떤 신도 무죄한 자의 피를 보고 기뻐하지 않을 것이다
하느님께서는 모든 생명체의 사랑과 보살핌을 보고 기뻐하실 것입니다
오 네 인간이여, 순수한 마음으로 하나님께 기도하라
무고한 동물을 제물로 바치면 하느님께서는 당신의 기도를 받아들이지 않으실 것입니다
그는 결코 당신이 기도하는 것에 피로 응답하지 않을 것입니다
하나님은 언제나 자비로우시며 아무도 죽이지 않으신다
자신의 이익을 위해 무죄한 사람을 희생시키면 죄가 쌓이게 됩니다.

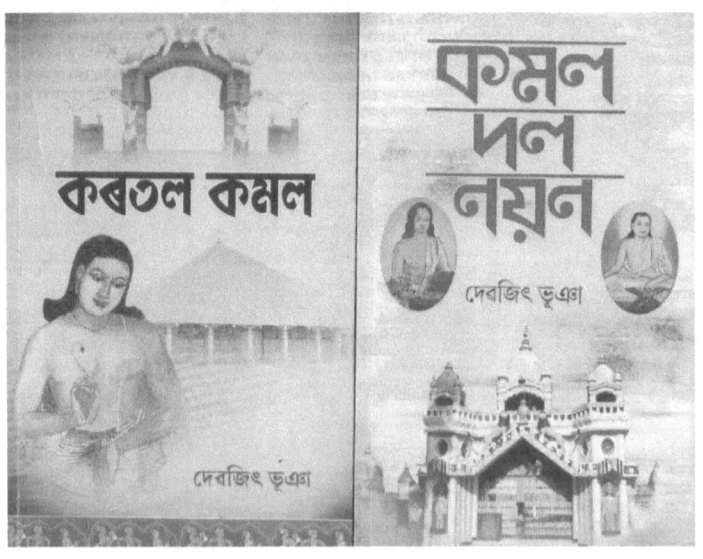

정직한 길의 전차

여기는 우리의 아삼, 사랑하는 아삼입니다
매우 소중하고 우리 마음에 가깝습니다
아쌈은 좋은 문화와 관대함의 땅입니다
여성의 부도덕한 인신매매는 없다
심지어는 많은 부족들에서도, 여자들이 가족을 다스린다
돈에 대한 탐욕 속에서 아무도 매춘을 하지 않는다
지참금과 신부 불태우기는 아삼 생활의 일부가 아닙니다.
모든 여성과 사랑하는 아내에게 동등한 권리가 주어진다
부정직의 길에는 큰 돈이 있을지 모른다
그러나 아쌈의 단순한 사람은 단순한 삶을 더 좋아했다
여성이 구타를 당하고 이혼하는 경우는 매우 드뭅니다.

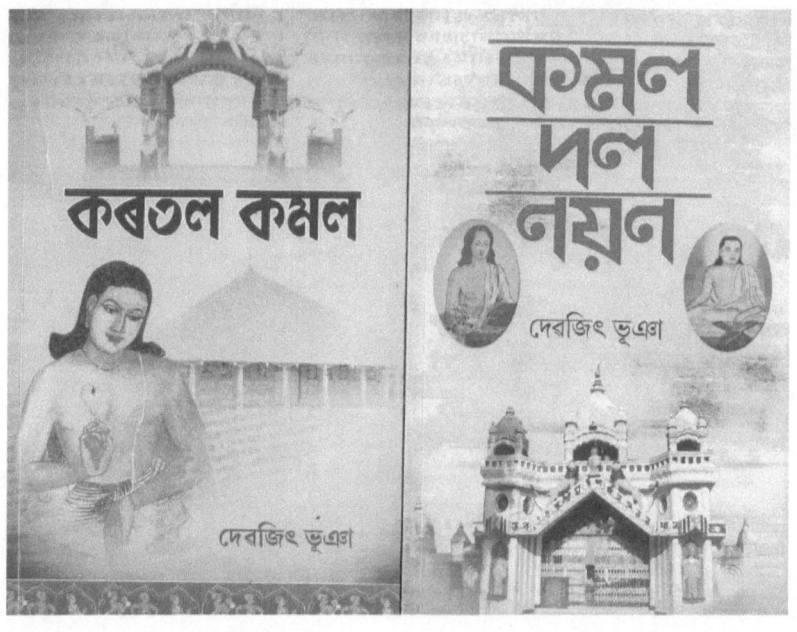

마음 조심

우리는 항상 우리 몸을 돌봅니다
그러나 마음을 돌보는 경우는 거의 없습니다
마음을 돌보는 것도 똑같이 중요합니다
왜 돌보지 않음으로써 그것을 소홀히 합니까?
건강한 삶을 위해서는, 불공평하다
건강한 신체에 건강한 정신이 더 나은 삶을 가져다줍니다
인생의 복잡한 경주에서 쉽게 이길 수 있습니다
병든 마음으로는 좋은 것을 얻을 수 없습니다
마음을 돌보기 위해 길을 쉽게 찾을 수 있습니다
항상 웃고 누구에게나 친절하게 대하십시오.
정직과 성실의 길을 따르십시오
진리와 형제애는 너희에게 평온을 가져다 줄 것이다.

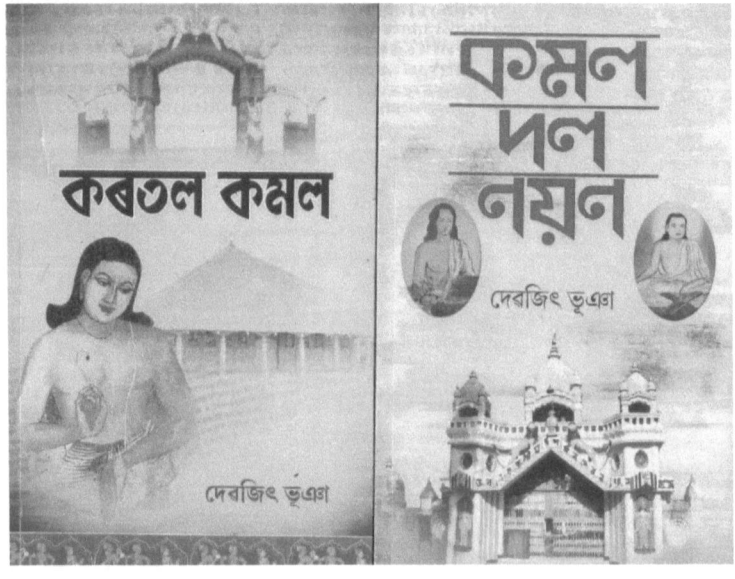

데바짓 부얀

시간을 낭비하지 마세요

시간은 정적이지 않다
시간도 동적이지 않다
과거, 현재, 미래
시간의 권역 안에서는 모두 동일하다
마치 시간이 계속 흐르는 것 같은 느낌이 듭니다
바다로 흘러가는 물의 흐름처럼
우리의 지각, 시간은 화살처럼 움직인다
그러나 일단 뱃머리를 떠나면 다시는 돌아오지 않습니다
그러나 우리는 더 나은 내일이 있기를 희망합니다
흐린 날에도 시간은 멈추지 않는다
화창한 아침에도 속도가 느려지지 않습니다
해마다 평소와 같이 계속됩니다.
차별이나 편애 금지
가난한 자나 부자나 약하거나 강한 자나 시간은 똑같다
따라서 실패에 대해 시간 탓이 아닙니다
인생에서 가장 소중하면서도 공짜로 얻을 수 있는 재산은 시간이다
그것을 무료로 낭비하지 말고 활용하면 인생이 잘 될 것입니다.

마음의 고통

정신적 고통 중에 친구들을 돌봐주세요
사랑과 위로, 마음의 힘, 그들은 얻을 것이다
외로움은 마음을 약하고 연약하게 만든다
어떤 결정은 잘못되고 적대적일 수 있습니다
교제와 함께라면 마음은 행복하고 명랑해진다
사람들은 일시적인 문제의 대부분을 극복할 수 있습니다
정신적 고통은 자살로 이어질 수 있다
나쁜 일을 할 때, 나약한 마음은 항상 선동한다
정신적으로 약할 때 동행해 주는 친구
격려의 말과 함께 정상으로 친구가 돌아올 것입니다.

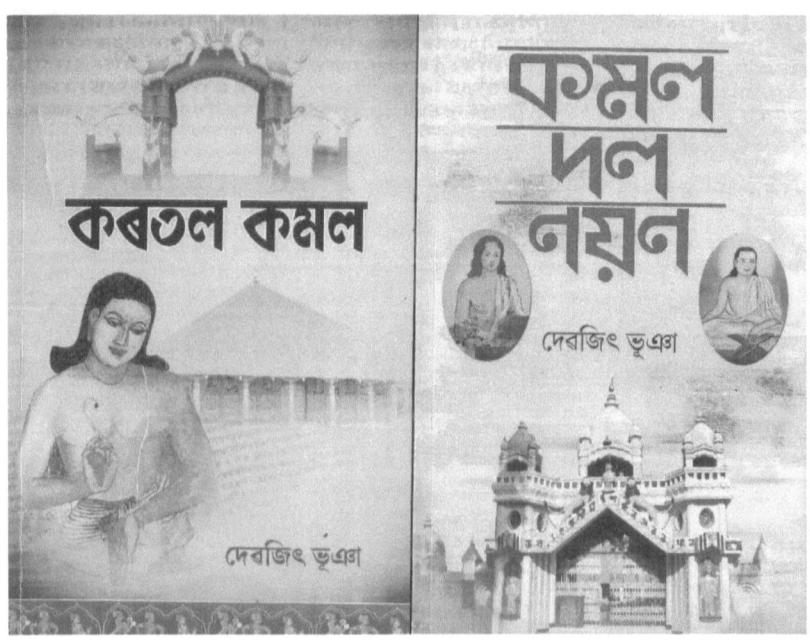

데바짓 부얀

몸의 손질

걷고, 걷고, 또 걷는다
건강을 유지하기 위해 빨리 달릴 필요가 없습니다.
걷기는 최고의 바디 피트니스 키트입니다.
아침 산책은 무기력증을 밀어냅니다
몸이 튼튼하고 튼튼해집니다
혈액 순환이 더 좋아질 것입니다
마음은 하루 종일 더 즐거울 것입니다
걷기에는 시간과 장소의 장벽이 없습니다
걷기 경주에 쉽게 참여할 수도 있습니다
새로운 친구들은 산책로에서 만나게 될 것입니다
어떤 우정은 훌륭하고 결코 뒤돌아보지 않을 것입니다
걷기는 몸과 마음, 영혼에 좋다
건강한 몸과 마음으로 인생의 목표를 이룰 수 있습니다.

아이의 산책

그녀는 쓰러졌고 그녀는 일어섰다
하지만 그녀는 걸을 때까지 결코 포기하지 않았다
어느 날 그녀는 재미있게 달리기 시작합니다
긴 인생 여정이 시작되다
한두 번 넘어져도 일어나지 않으면
인생에서 당신은 결코 경주에 참여할 수 없을 것입니다
넘어지지 않고는 아무도 일어서서 움직이는 법을 배울 수 없습니다
어린 시절의 이 작은 배움은 우리의 삶을 좋게 만듭니다.

데바짓 부얀

마단의 유머

마단은 당신의 농담을 들려주세요
에이콘이 웃기 시작한다
터무니없는 유머를 말하지 마세요
농담에는 미소가 들어가야 합니다
작은 빗방울이 부드럽게 두드려야 합니다
그러나 다툼을 일으키기 위해 소문을 내지 마십시오
농담이 가족 관계를 파괴해서는 안 된다
농담은 미소와 웃음을 위한 것입니다
울거나 상황을 거칠게 만드는 것이 아닙니다.

코코 원더 퍼그

코코, 당신은 우리의 사랑하는 애완 동물입니다
주방은 당신이 사랑하는 장소입니다
음식이 늦어지면 짖기 시작합니다
배가 부르면 달리기를 즐긴다
당신은 나쁜 사람을 매우 싫어합니다
여러분에게 가정은 하나님의 성전입니다
사랑하는 사람들과 함께라면 절대 사기를 치지 않습니다
당신의 존재는 모두를 행복하고 부글부글 끓게 만듭니다
가족의 분노와 우울한 얼굴이 사라지기 시작한다
개는 누구도 부정할 수 없는 인간의 가장 친한 친구입니다
그 무엇도 당신의 부재가 만들어내는 공허함을 채울 수 없습니다.

데바짓 부얀

바람

아쌈에서는 2월 한 달 동안 바람이 빨라집니다
모든 집과 거리는 먼지와 마른 나뭇잎으로 가득 찼습니다
겨울이 지나고 날씨가 건조해집니다
백합 새, 바람과 함께 떨어지는 낙엽이 날아 다닙니다.
바람이 속도를 높이면 큰 나무라도 쓰러집니다
마른 잎으로 아삼 들판은 갈색으로 보입니다.

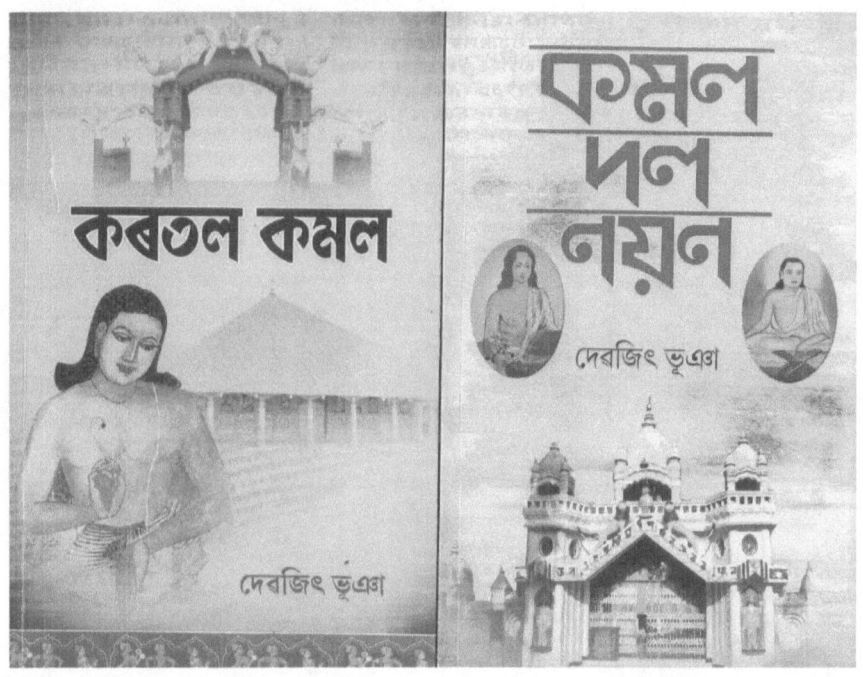

천연 허브

허브는 인체의 면역력을 향상시킬 수 있습니다.
그들은 질병과 건강한 삶과의 싸움에 좋습니다
그러나 그들이 모든 질병을 치료할 수 있다고 믿지 마십시오
허브는 바이러스와 박테리아에 대한 해독제가 아닙니다
오직 항생제만이 폐렴을 치료할 수 있다
하지만 약초를 먹으면 바이러스와 싸우는 데 도움이 될 수 있습니다
건강을 위한 보충제로만 허브를 섭취하십시오
질병과 싸우는 것, 건강을 유지하는 것이 재산이기 때문입니다.

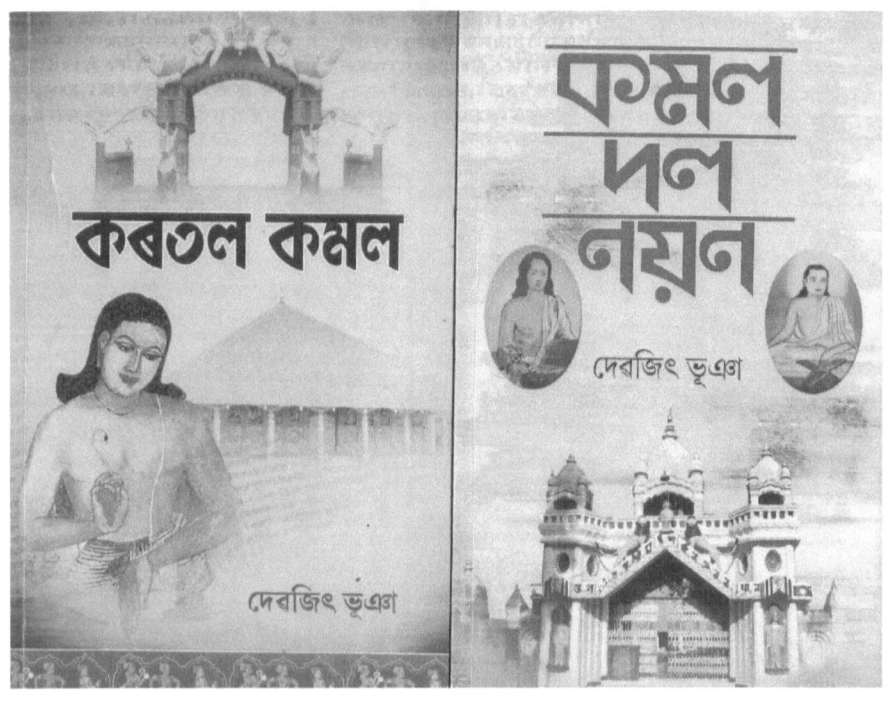

마음의 두려움

이봐, 아무것도 두려워하지 마라
두려움은 위험하고 해로운 것입니다
마음의 두려움은 몸으로 표현된다
그리고 당신은 레이스가 시작되기 전에 패배합니다
두려움 속에서 당신은 유령과 보이지 않는 생물을 봅니다
그리고 당신은 싸우지 않고 전장에서 탈출합니다
이것은 비겁하고 비윤리적이며 옳지 않습니다
두려움이 있으면 인간은 성공할 수 없다
두려움을 극복하면 기회는 무궁무진합니다
당신이 용감하다면 온 세상이 당신과 함께할 것입니다
승리한 자는 무덤에 간 후에도 기억된다.

나무에 대한 두려움

숲 속의 나무들은 톱 소리를 무서워한다
전동 톱은 숲을 매우 빠르게 파괴했습니다
옛날 옛적에 사람은 나무를 자르기 위해 많은 노동이 필요했습니다
그러나 이제 기계화 된 톱을 사용하면 본체에 문제가 없습니다
그 결과는 비참하고 강우림은 파괴됩니다
지구 온난화로 인해 기후가 변할 수밖에 없었습니다
빙하가 녹고 홍수가 대혼란을 일으키고 있습니다
한때 손톱은 인간과 문명의 친구였습니다
생물 다양성과 생태, 전동 톱이 파괴되고 있습니다.

데바짓 부얀

정당 변화의 정치 (인도에서)

선거 시기는 정치적 성향을 바꾸기에 가장 좋은 시기입니다.
그러나 정당을 바꾸는 것은 사람들의 문제 해결을 위한 것이 아니다
권력의 탐욕 속에서 지도자와 추종자는 정당을 바꾼다
돈, 술, 부, 여자는 큰 동기 부여 요인입니다
지도자가 유권자를 속이는 이유, 아무도 모니터링하기 싫어하는 이유
 정치인에게 국민을 섬기는 것은 언제나 부차적인 일이다
그들의 돈 상자를 가능한 한 많이 채우는 것이 가장 중요합니다
권력, 권위, 돈은 리더에게 더 중요하다
이것은 유권자의 대부분이 무지하기 때문에 쉽게 할 수 있습니다
선거 시기는 일기 예보와 변화 쪽에 최적입니다.

새로운 색상

여러 가지 색의 꽃이 핀다
아쌈에 봄이 왔습니다
비후(Bihu)의 계절, 춤추는 축제
북소리(dhool-pepa)가 한밤중의 침묵을 깨뜨린다
엿보는 나무 아래서 잉꼬 부부는 기뻐하며 만난다
증오도, 다툼도, 피부색, 계급, 신념 또는 종교의 구분도 없습니다
모두가 사회적 분열 없이 축제 분위기에 휩싸여 있습니다
새 옷을 입고 어린이와 청소년이 놀고 점프합니다.
할머니들도 춤에 적극적으로 참여한다
카지랑가에서도 코뿔소 송아지가 북소리를 들으며 여기저기 뛰어다닙니다.

다음 생에서의 만남

죽음 이후의 삶이 다른 세계에 존재하는지는 아무도 모른다
불멸의 영혼의 존재는 실제가 아니라 신화일 수 있다
그러니 왜 다음 생을 기다렸다가 누군가를 사랑하고, 사랑한다고 말하세요
이생 그 자체에서 사랑의 아름다움을 사랑하고 즐기십시오
다음 상상의 삶을 위해 미루는 것은 없습니다
당신의 기쁨과 사랑은 다른 쪽에 생명이 있다면 두 배가 될 것입니다
물론 평행 세계에서는 삶의 정의가 넓어질 것입니다
하지만 오늘날 사랑의 무지개와 인생의 아름다움을 즐기십시오
내일, 내년, 다음 생이 올지 안 올지 누가 알겠습니까?

왕따

친구나 다른 사람을 괴롭히지 마세요
그것은 적대감과 다툼을 가져올 것이다
사랑과 관계는 영원히 사라질 것이다
사람들은 난폭한 성격 때문에 당신을 피할 것입니다
발전과 마음의 평화는 괴롭힘과 함께 사라질 것입니다.
남을 괴롭히는 것보다는, 관용을 베풀고 우는 것이 더 낫다
하나님은 당신의 눈물을 닦아 줄 사람을 보내실 것입니다.

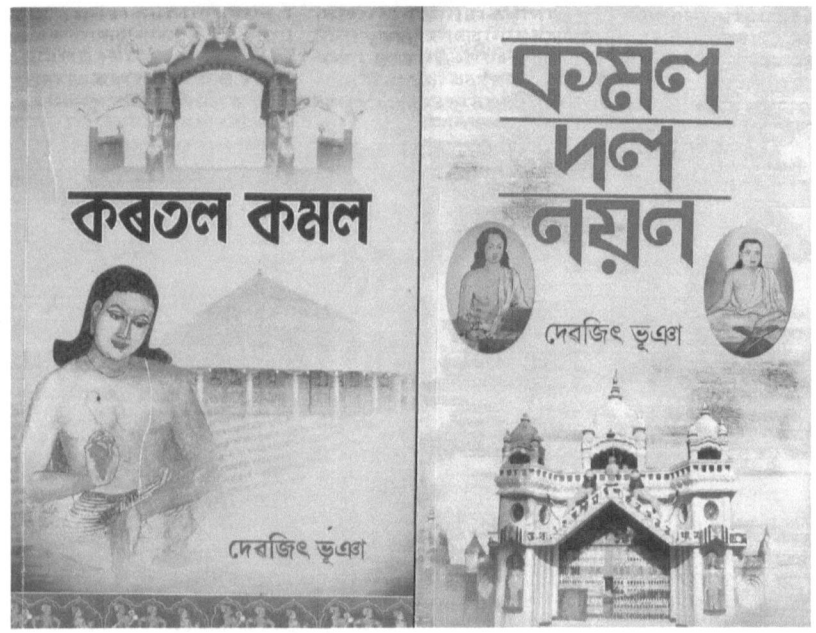

신부

이제는 사제들조차도 정직하지 않고 윤리적이지 않습니다
그들은 결코 진리와 성실의 길을 따르지 않는다
사제들은 종교의 이름으로 사람들을 속이고 있다
종교의 개혁과 선한 사람들의 입국이 해결책이다
사제들은 사람들을 분열시키고 서로 싸우도록 부추긴다
그대는 그들을 구세주와 대부로 신뢰하느니라
중개인들은 참된 종교적 가르침을 파괴하고 있다
수입을 늘리는 데 도움이 되기 때문입니다
사제들은 종교를 위장하고 더럽게 만들었다
와인, 부, 여자와 함께 파티를 축하합니다
예수 예수의 가르침은 여전히 유효하고 단순합니다
종교에서 중개인들은 문제를 일으킬 뿐이다.

태양이 떠오르게 하라

매번 수천 명의 사람들이 앞으로 행진할 때마다
행진하는 소리는 운율처럼 들립니다
지도자들은 자신의 이익을 위해 새로운 정당을 창당했다
권력은 거짓 공약으로 투표를 통해 장악된다
그러나 대중의 문제는 그대로였다
대중 선동과 동원은 언제나 정치 게임이다
지도자는 명성을 얻으면 통치자가 된다는 것을 잘 알고 있습니다
리더가 오고, 리더가 가고, 사람들이 그 뒤에 서 있습니다
권력은 주기적으로 한 그룹에서 다른 그룹으로 이동합니다.
그러나 가난한 사람들은 여전히 가난했고, 항상 어려움을 겪었다.

데바짓 부얀

바라타, 서둘러

서두르세요, 서두르세요
도로에서 미끄러지지 마십시오
나무 아래로 떨어지지 마세요
많은 꿀벌이 그곳을 날고 있습니다
큰 나무는 나무의 둥지입니다
도시에서는 그들을 찾을 수 없습니다
사람들은 집을 짓기 위해 모든 나무를 베었습니다
도시는 콘크리트, 오염 및 자동차의 정글입니다
오염으로부터 꿀벌은 항상 멀리 떨어져 있습니다
문명은 도시 외에는 대안이 없다
그래서 그곳에 정착하려면 모두가 서두릅니다.

모두 사랑해

모두 사랑하고, 모두 사랑하고, 모두 사랑
돈에 대한 탐욕으로 아무도 미워하지 말라
이 세상에서 사랑은 실제 꿀입니다
사랑을 받으면 인생은 성공한 것입니다
세상은 하늘과 같을 것이다
돈과 부는 시간이 지남에 따라 쇠퇴할 수 있습니다
죽을 때까지 무조건적인 사랑이 흐를 것입니다
나뭇잎에 맺힌 물방울처럼 그대는 빛날 것이다
출발하는 순간 돈은 울지 않을 것입니다
너를 사랑했던 이가 눈물을 흘리며 작별을 고할 것이다.

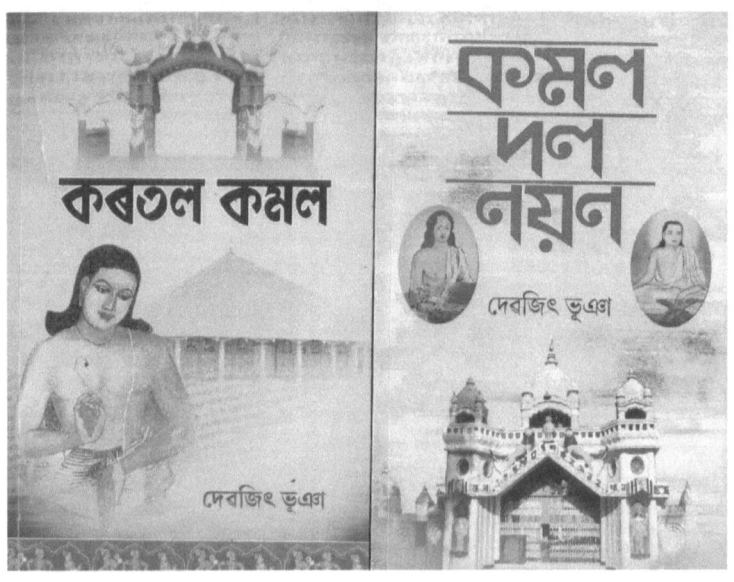

톰, 일을 시작해

톰, 당신은 일을 시작하고 당신의 사업에 신경을 씁니다
아무도 당신에게 영원히 공짜 식사를 제공하지 않을 것입니다
톱과 험머를 손에 들고
이 세상에는 기회의 부족함이 없습니다
다른 주에서 온 사람들은 아삼에서 많은 돈을 벌고 있습니다
하지만 우리나라에서는 기회가 없다고 하잖아요
컴퓨터, 펜, 책을 손에 쥐거나 나무를 심습니다
언젠가 그 나무들이 당신에게 열매를 줄 것이고, 삶은 긴장에서 벗어날 것입니다.

사망 시

최종 출발 시
돈은 당신의 동반자가 될 수 없습니다
당신의 아름다운 집은 당신과 함께하지 않을 것입니다
모은 아끼는 물건은 흩어집니다
죽음 이후에는 이생의 어떤 것도 저편에 있지 않을 것입니다
살과 뼈의 시체는 무덤 밑에 있을 것이다
당신이 살아 있을 때 그들의 나쁜 날에 아무도 도와주지 않았다면
당신의 무덤에는 당신이 죽은 후 아무도 꽃을 바치지 않을 것입니다
살아 있는 동안 자비롭고 관대하며 다른 사람들을 도우십시오
고통과 괴로움을 겪는 사람들을 사랑한다
죽은 후에도 기억은 발전할 것입니다.

데바짓 부얀

집 참새

집 근처에 사는 작은 새를 사랑하십시오
옛부터 인류의 동반자
호모 사피엔스의 진보 역사의 일부
10,000년의 긴 여정 동안 인간을 버리지 않았습니다.
그러나 지금 그들은 도시와 마을에서 위험에 처해 있다
콘크리트 정글이 그들의 서식지를 파괴했다
이 작은 새를 사랑하고 멸종 위기에서 그들을 도와주세요
그렇지 않으면 인류는 비행 동반자 중 하나를 잃게 될 것입니다.

돈의 반짝임

수백만 명의 사람들이 굶주리고 있습니다
그러나 식량 낭비는 계속되고 있습니다
부자들은 돈의 힘으로 더 많은 것을 낭비한다
사치와 취미를 위해 그들은 더 많은 탄소를 배출합니다
굶주린 가난한 사람들이 탄소 제로 솔루션에 어떻게 기여할 것인가?
한 대도시가 가난한 나라보다 더 많은 탄소를 배출한다
탄소 배출에 대한 공평한 허용이 유일한 해결책입니다.
머지않아 기후 변화와 지구 온난화가 죽을 것입니다.
가장 부유한 부자들도 희생양이 되어 쓰러질 것이다.

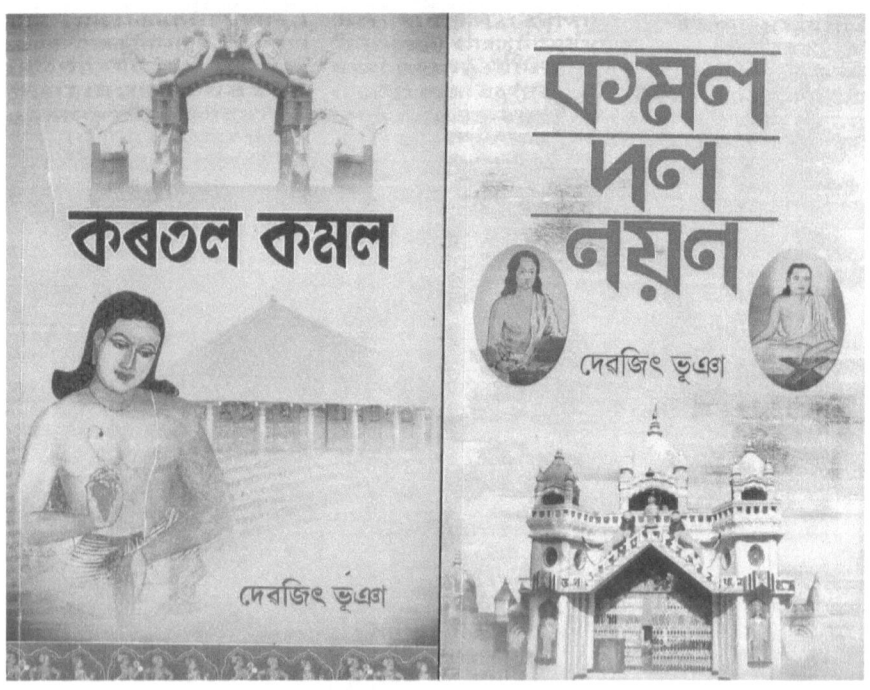

데바짓 부얀

일할 준비를 하세요

진심으로 하나님께 기도해도
하나님도 그 누구도 너의 일을 하러 오지 않을 것이다
기도만으로 충분하다는 오해를 버리십시오
효율적으로 작업을 스스로 수행할 준비를 하십시오.
필요한 경우 자신의 도로와 다리를 건설하고 누군가를 기다리지 마십시오.
강과 바다를 헤엄쳐 건너고 하나님이 배를 보내실 때까지 기다리지 마십시오
일단 일을 시작하면 사람들이 동참하고 도움의 손길이 따라올 것입니다
팀이 발전하고 당신은 리더가 될 것입니다.
그러나 일이 없으면 아무도 당신에게 모자나 깃털을 주지 않을 것입니다.

성공적인 삶

인생은 돈의 힘만으로 성공하지 못할 것이다
인생은 기도만으로 성공하지 못할 것이다
노력만으로는 성공할 수 없습니다
인생은 관계를 통해서만 성공할 수 없습니다
당신의 글을 통해 인생이 성공하지 못할 수도 없습니다
인생은 더 많은 자손을 낳는다고 해서 성공하는 것이 아닙니다
인생은 사랑의 길에서 끈기를 통해 성공할 수 있습니다
그리고 인류와 인류에 대한 관대한 작업.

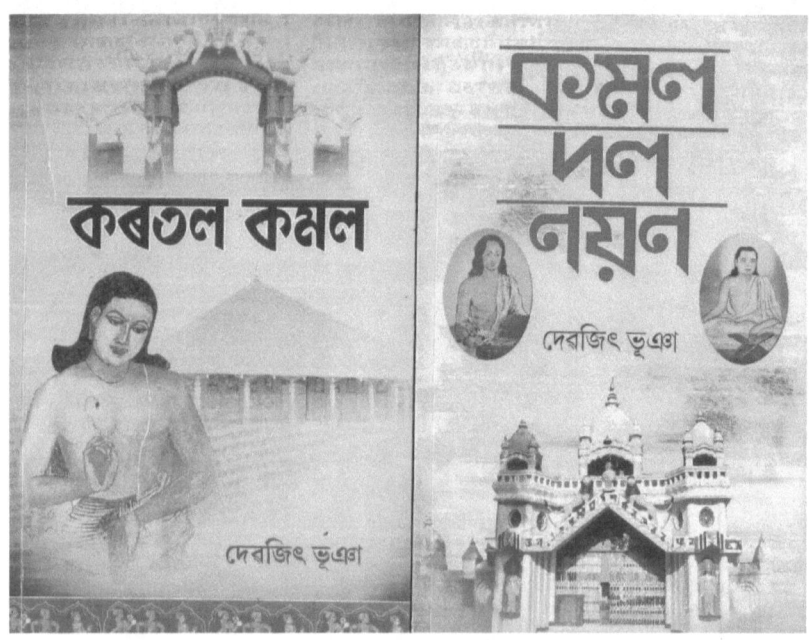

데바짓 부얀

골든 아삼

아쌈은 반짝이는 밝은 금과 같습니다
일상의 아름다움 자연이 펼쳐진다
그러나 아쌈은 낙후되고 저개발국이다
여름에는 아삼이 물에 잠깁니다.
수백 년 동안 사람들은 그것에 대해 토론했습니다
그러나 홍수 문제는 아직 해결되지 않았다
부패한 사람들이 공금을 빼돌렸다
여전히 지루한 서민들의 여정은 남아 있었다
오, 젊은 세대가 단결하여 앞으로 나아가십시오
부패한 정치인들을 처벌하고 아삼에게 보상을 주십시오.

초

촛불은 무덤에 밝은 빛을 비춥니다.
불타는 동안 죽은 자의 기억을 제공합니다
사람들은 일 년에 한 번 병든 사람들을 기억했다
촛불로 전능하신 분께 기도하십시오
무덤은 단순히 시체를 버리는 장소가 아닙니다
그것은 모든 친구, 적 또는 적의 최종 목적지입니다
촛불은 살아 있는 동안 모든 사람을 밝혀야 합니다
촛불을 켜는 동안 최종 목적지는 항상 기억하십시오.

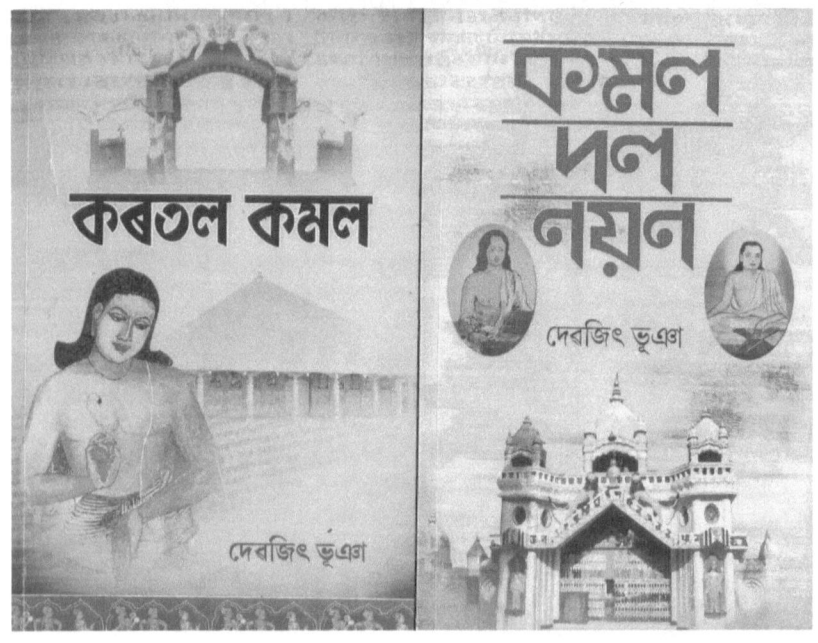

데바짓 부얀

아와드 왕국

한때 인도의 영광스러운 왕국
모든 왕의 주인 라마는 법의 지배를 확립했습니다
범죄도, 두려움도, 반대 목소리에 대한 억압도 없습니다
심지어 시타와 락쉬마나도 추방당했다
아와드에서의 삶은 순수하고 단순했다
그러나 번영하는 왕국은 변화를 견딜 수 없었다
지금은 역사와 썩은 기념물 만 남아 있습니다
새로운 라마 사원과 함께 잃어버린 영광이 다시 되살아납니다.

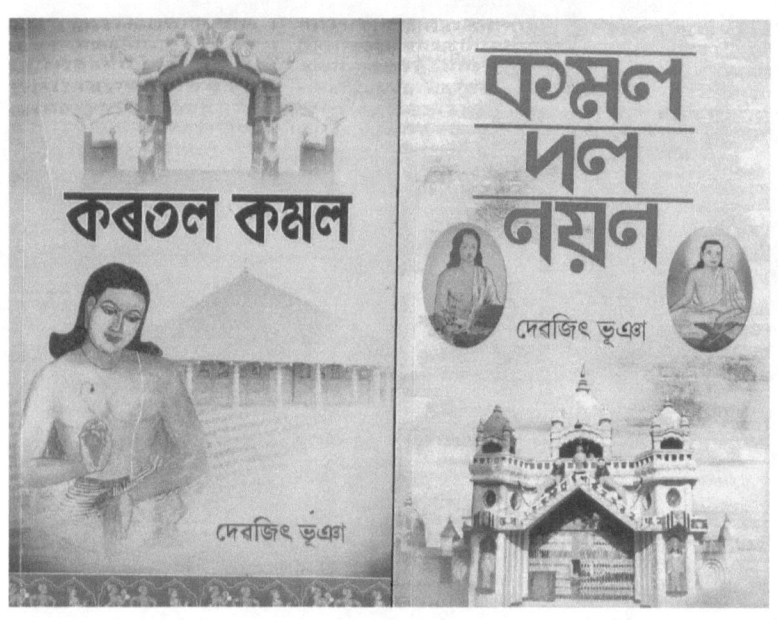

벨벳

벨벳의 촉감이 너무 부드럽고 부드럽습니다
마치 자연의 면이 부드럽게 통합된 것처럼
다른 색상으로 화려하고 멋지게 보이십시오.
한때 옷의 여왕으로 여겨졌던 벨벳 옷
빛바랜 벨벳의 영광은 여전히 존재합니다
벨벳의 매력은 지금도 사람들이 저항 할 수 없습니다.

달

달은 궤도 경로에서 자주 나타났다가 사라집니다
새벽녘에 달이 사라지면 새들이 노래하기 시작한다
사람들은 문재인의 혁명을 보며 종교 단식을 한다
한때 신으로 여겨졌던 인간은 그 표면을 오래 전에 착륙시켰습니다
이제 사람들은 기술을 통해 달을 식민지화하기 위한 경쟁을 벌이고 있습니다
달은 위성으로 탄생한 이래로 지구에 영향을 미쳤습니다
밀물, 썰물은 달의 중력의 영향입니다
머지않아 인간 식민지가 달과 국가 간의 갈등에 빠질 것입니다
달에 생명체가 존재했다는 신화는 다르게 일어나고 있다
그러나 지금 존재하는 달의 자연적 길을 파괴하는 것은 위험할 수 있다
달이 없다면 지구의 기후는 생명체가 살기에 적합하지 않을 것입니다.

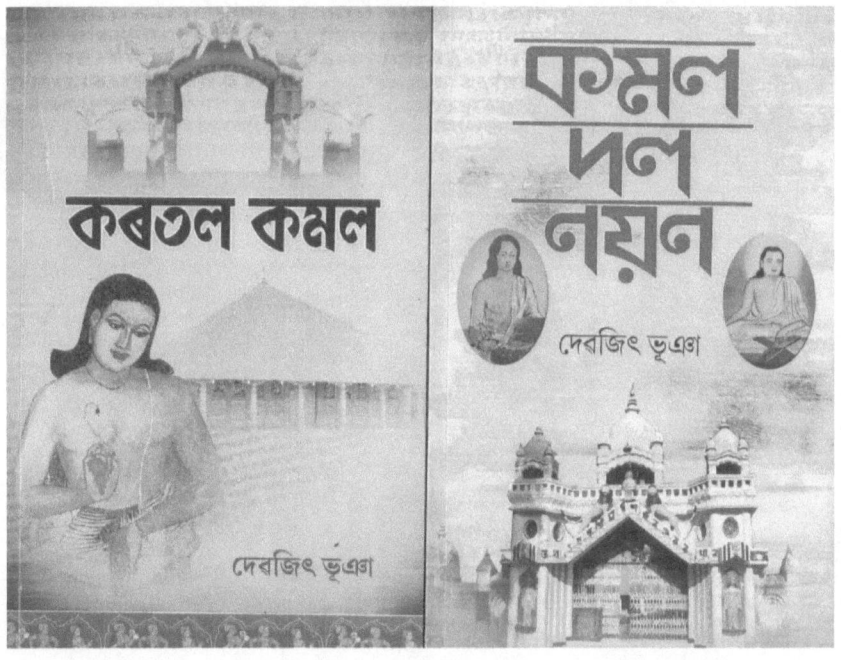

토끼

무고한 토끼에게 친절하게 대하라
그들은 충분히 강하지 않습니다
모든 동물은 그들을 죽이고 싶어합니다
그러나 흰 털로 정글의 아름다움입니다
재미와 기쁨으로 여기저기 돌아 다니십시오.
어떤 이유로든 누구에게도 해를 끼치지 마십시오.
그러나 그들의 맛있는 고기는 적을 가져옵니다
인간은 또한 재미와 모피를 위해 그들을 죽입니다
때로는 교도소에서 살도록 강요받기도 한다
그들은 인간이 강요하는 이성을 좋아하지 않는다
인간은 자연 서식지를 파괴했습니다
이제 그들을 구하는 것은 작은 칭찬이 될 것입니다.

싸움

오, 꼬마야, 다투지 마, 네 게임을 망칠 거야
분노가 폭발하고 몇 주 동안 더 이상 놀지 못할 것입니다
분노는 즐거운 놀이를 방해하는 매우 나쁜 것입니다
분노와 다툼을 병 속에 가둬 두세요
Sankardeva 의 땅에서는 다툼이 설 자리가 없습니다
서로 사랑하고 친구들과 즐겁게 놀아요
나이가 들어감에 따라 이런 날들은 다툼을 멈추는 데 도움이 될 것입니다
사회는 이성적이고 폭력으로부터 자유로워질 것이다.

코뿔소, 생존을 위한 반격

코뿔소, 밀렵꾼을 두려워하지 마라
깨달아라, 뿔로 얼마나 강한지
생존을 위해 인간과 싸우십시오
사슴, 코끼리를 동반자로 삼으십시오.
또한 코브라 왕과 친구가 되십시오.
모두 함께 Kaziranga 의 구세주가 되십시오
Kaziranga 는 태곳적부터 당신의 땅입니다.
독수리와 야생 버팔로도 당신의 팀에 있을 것입니다
항상 혼자 자는 비단뱀처럼 되지 마세요
당신은 Kazinga 에서 동물의 지도자입니다, 반격
언젠가는 상식이 인간을 지배할 것이다
당신은 모든 동물과 함께 생존을 위한 경쟁에서 승리할 것입니다.

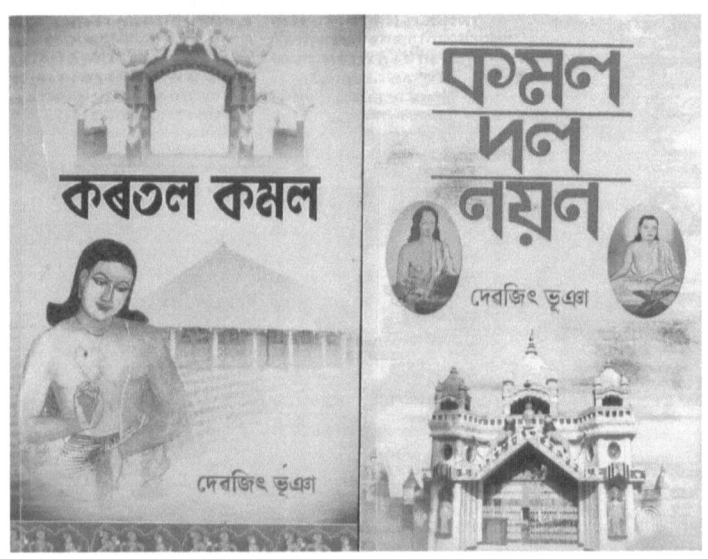

데바짓 부얀

강물의 물결

때로는 강물의 잔물결이 파도가 되기도 한다
물은 홍수처럼 평원으로 빠르게 흐른다
지그재그가 강의 흐름이 된다
도로, 집, 농작물, 모든 것이 물에 잠깁니다.
진흙 층과 모래 층이 집을 파괴합니다
그러나 푸른 풀들은 홍수 후에 다시 자란다
마치 초원이 원기를 회복하기 위해 홍수를 불러들인 것처럼.

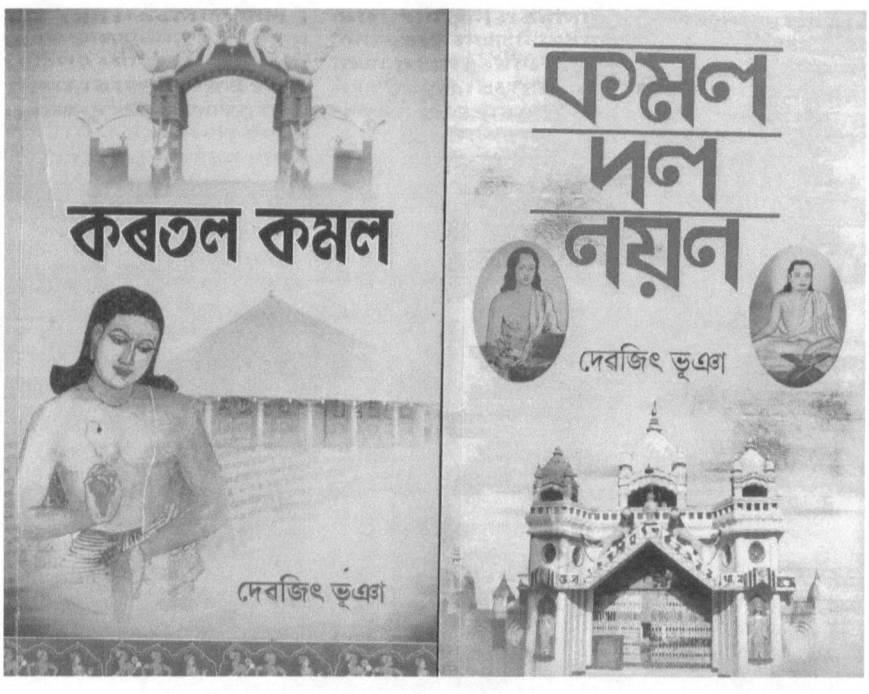

모기

폐쇄된 수역에서 태어남
작은 꿀벌 소리
항상 인간의 피에 욕심
인생은 며칠 동안 짧지만
여름에는 야생초를 좋아한다
인간에게 발열 및 기타 질병을 일으킴
아쌈(Assam)의 구와하티(Guwahati)시는 모기의 메카입니다.

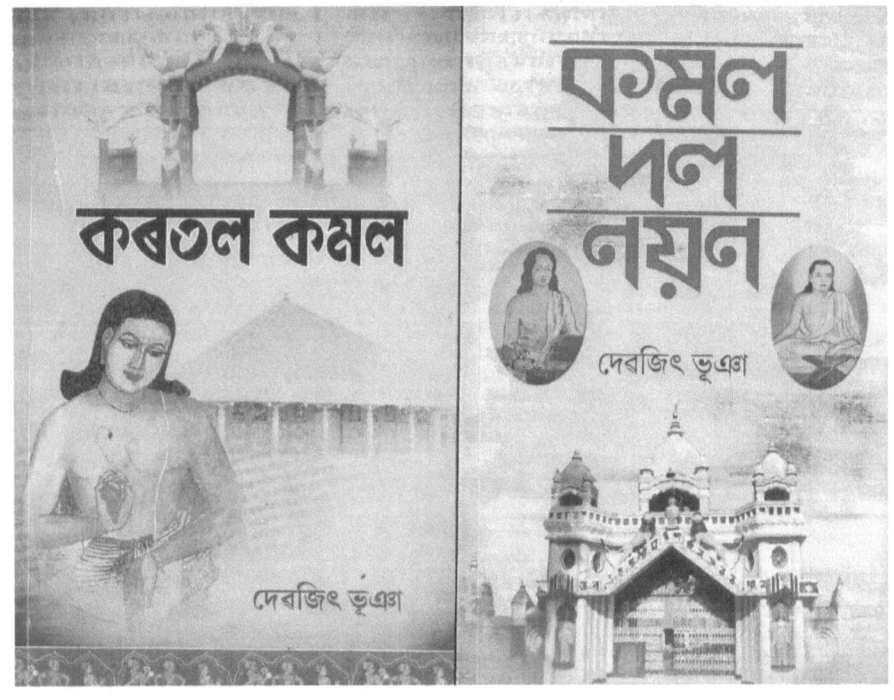

데바짓 부얀

점성가

점성술사들은 하느님을 대표하지 않는다
대부분의 경우 그들의 예측은 빗나갑니다
소위 점성가들의 계산은 사기이다
그들은 사람을 속이고 자신의 이익을 위해 돈을 번다
그러나 보통 사람들은 맹목적인 믿음을 가져야 할 나이가 되었다고 믿는다
돈이 많을수록 달콤한 말과 더 나은 예측을 할 수 있습니다
그러나 돈이 없으면 너무 많은 제한을 가할 것입니다.

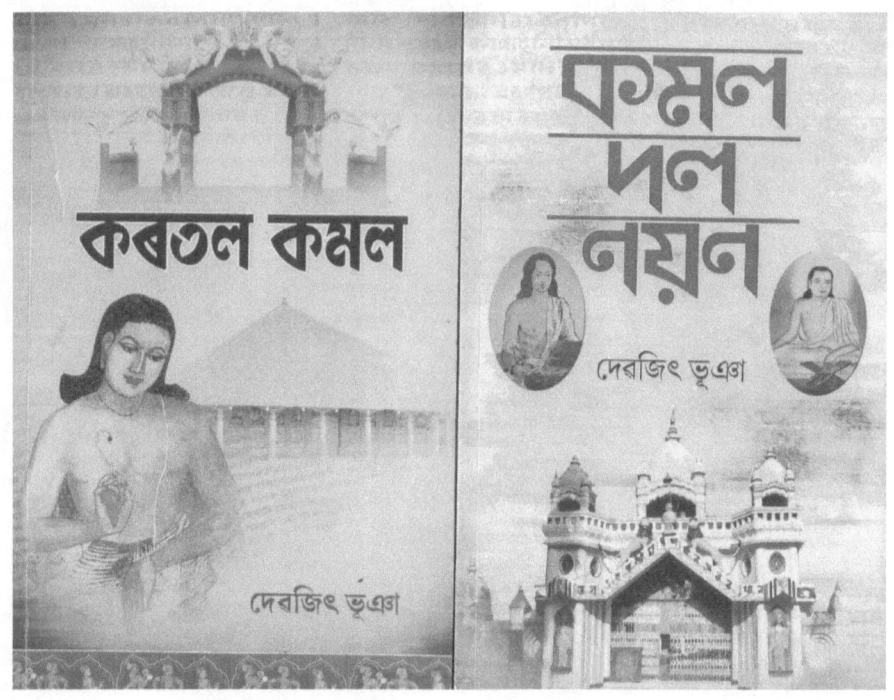

60 세

60 세가 되면 20 살 때처럼 달릴 수 없다
몸이 약해지고, 부서지기 쉬우며, 뼈가 약해진다
뼈의 균열이나 손상은 결코 빨리 치유되지 않습니다.
당신의 마음은 청소년이나 십대처럼 어릴지 모르지만
그러나 어느 정도 일을 하고 나면 몸은 휴식을 원할 것입니다
대학 시절만큼 빨리 달릴 수 없다는 것을 받아들이십시오
보험료 추가 부담도 보험사들은 꺼리고 있다
60 세가 넘은 나이에 건강과 마음을 돌보세요
운동을 하지 않고 너무 빨리 걷지 않으면 녹슬 것입니다.

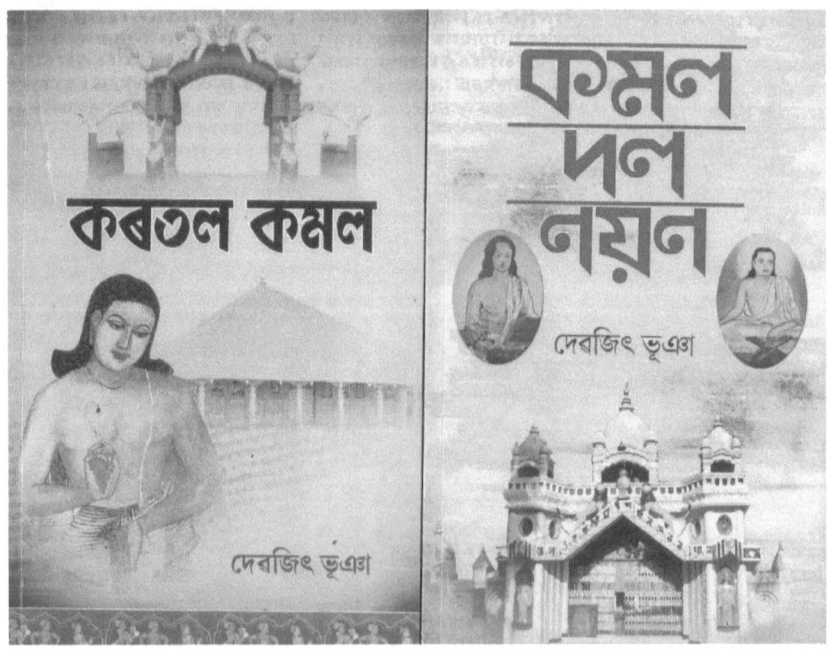

데바짓 부얀

썩지 않는 어머니

사람들이 올 것이고 사람들이 갈 것입니다
마음은 매 순간 바뀔 것입니다
때때로 사람들은 칭찬할 것입니다
때때로 사람들은 거절할 것이다
때때로 사람들은 무관심할 것입니다
그러나 언덕과 산처럼
어머니는 항상 당신과 함께 계실 것입니다
아이들에 대한 그녀의 사랑은 의심의 여지가 없다
이것이 바로 진화가 진행되고 있는 이유입니다
그리고 우리 인류 문명은 계속되고 있습니다.

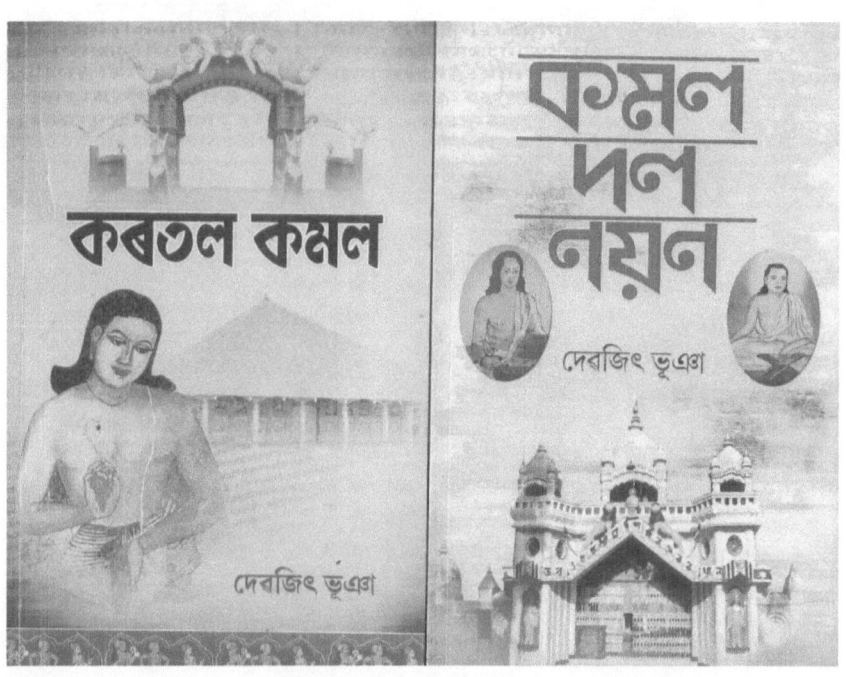

사랑하는 아삼

아쌈은 우리가 사랑하는 곳입니다
해외에서도 항상 기억하고 있습니다
우리는 매일 귀환에 대해 생각합니다
이곳의 과일은 다양하고 육즙이 많습니다
온화한 기후는 너무 기분이 좋다.
독특한 생물 다양성을 가진 벼의 품종
한쪽 뿔 코뿔소와 동물이 번영을 증가시킵니다
사람들은 단순하고 부에 대한 욕심이 없습니다
조국 아삼은 우리의 진정한 힘입니다.

데바짓 부얀

사랑의 향유

밤은 날개 벌레로 인한 가려움증을 치료할 수 있습니다.
우리는 다양한 고통을 없애기 위해 향유를 복용합니다
그러나 정신적 고통 속에서는 사랑이 유일한 향유이다
사랑과 보살핌으로 누군가의 마음의 고통을 치유하십시오
그것은 당신 자신의 마음에 즐거움을 줄 것입니다
미신은 육체적·정신적 질병을 고칠 수 없다
코뿔소의 뿔이나 호랑이 이빨은 마법의 치유력이 없습니다
 그들은 아름다움을 가진 순진한 생물입니다
치유를 위해 코뿔소를 죽이는 것은 미친 짓일 뿐이다
하나님의 모든 피조물을 친절로 사랑하십시오.

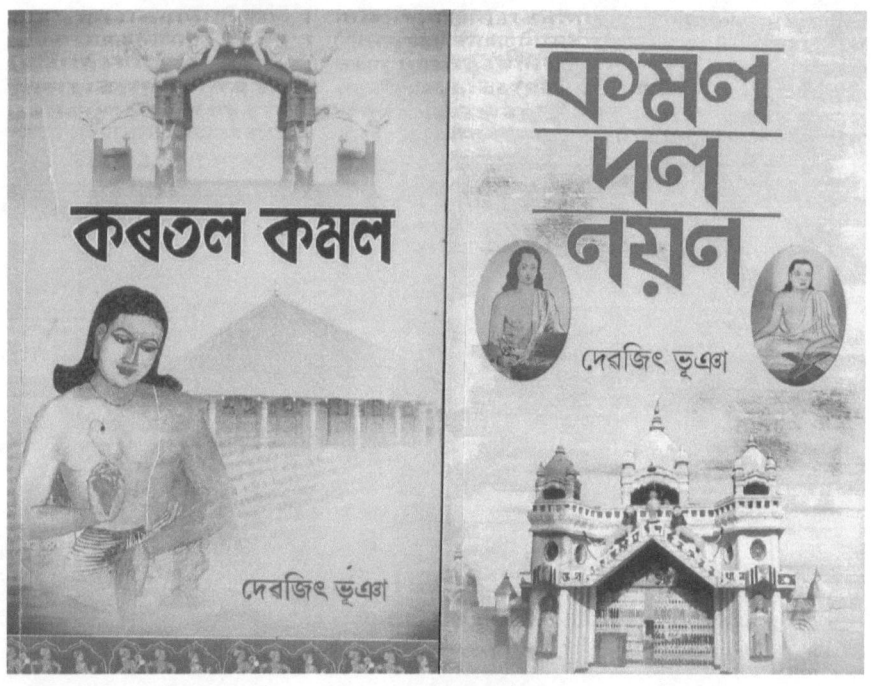

가정과 가족의 정보

많은 사람들의 마음은 슬프고 우울합니다
지금 홈 프런트의 며칠 상황은 좋지 않고 단순하지 않습니다
가정을 달콤하게 만들기에는 관계가 너무 복잡합니다
우리 자신의 가정이 좋은 모양과 조화를 이루지 못할 때
도시와 시골의 조화에 대해 어떻게 생각할 수 있습니까?
모든 사람은 유익한 가정 환경을 위해 일해야 합니다
집안에서 자아와 거짓 우월감 콤플렉스를 던져라
가정, 사랑, 열정을 바꾸고 태도를 버리는 것이 방법입니다.
홈 전선이 올바른 방향으로 나아가면 국가도 흔들릴 것입니다.

돈은 열심히 일해서 나온다

돈은 결코 들판이나 나무에서 자라지 않는다
그러나 재배는 돈을 벌 수 있습니다
대출로 받은 돈은 반환해야 합니다.
그것은 당신이 힘들게 번 돈이 아닙니다
열심히 일해서 번 돈은 꿀일 뿐이다
돈이 어떻게 나올지 생각하느라 시간을 낭비하지 마세요
바른 길을 걷다 보면 어디에서나 돈을 찾을 수 있습니다
하지만 돈을 모으기 위해서도 열심히 일해야 합니다
돈으로 가는 길은 항상 장애물과 가시로 가득 차 있습니다
그러니 시간을 낭비하지 마세요, 시간은 돈이고 돈을 가지려면 시간이 걸립니다.

황소

황소는 인간을 위해 쟁기질을 시작했고 문명은 변했습니다
그러나 황소는 경작의 최소한의 몫만을 차지한다
그러나 사람보다 지능이 낮다고 불평하거나 원망하는 것은 없습니다
사람들은 축제 기간 동안 고기를 먹기 위해 황소를 도살하기도 했습니다
황소는 작고 힘없는 하나님의 자녀입니다
우리가 그들에게 윤리적인 대우를 한다면 무엇이 잘못인가?
인류 문명의 진보에서 그들의 공헌은 엄청납니다.

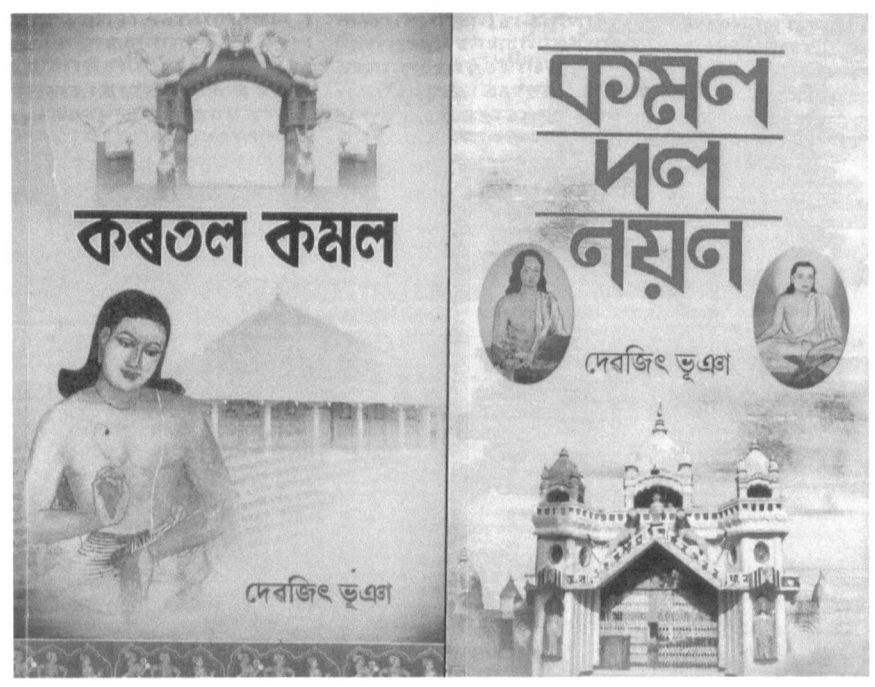

화

분노는 우리의 가장 큰 적이다
분노한 사람들은 가까운 곳에서 사랑하는 사람을 죽입니다
가족, 나라가 파괴된다
한창 바쁜 와중에 큰 사건이 일어납니다
그리고 그 고통은 평생 계속됩니다
매일, 매 순간 분노를 다스리세요
그 혜택은 엄청나고 귀중할 것입니다
당신은 모두를 사랑하기 시작할 것이고 모두가 당신을 사랑할 것입니다
수천 송이의 꽃이 무지개와 함께 피어날 것입니다.

블로우 핫 블로우 콜드

때로는 뜨겁게 불고, 시간이 요구하면 차갑게 불어라
인생에서 성공하기 위해서는 이것이 중요한 규칙입니다
너무 뜨거워지면 목적이 달성되지 않습니다
너무 추워지면 사람들이 이용할 것입니다.
말할 때는 예의 바르게 말하되, 필요하다면 거칠게 말하십시오
어떤 상황에서도 제멋대로이거나 거칠어질 필요가 없습니다
실수와 잘못이 있을 때 결코 화를 내지 마십시오
그렇지 않으면 사람들은 호랑이가 굶주린 것처럼 당신을 궁지에 몰아넣을 것입니다
상황과 환경에 따라 반응하는 것은 인생에 좋습니다
항상 꾸짖는 것을 잊지 마십시오, 옳은 것은 아내와만 함께입니다.

데바짓 부얀

Hoity toity

결코 자존심에 사로잡히지 마십시오
사람들은 곧 당신의 거룩한 태도를 알게 될 것입니다
너에 대한 사람들의 사랑이 얼음처럼 녹아
이성적이고 예의 바르게 행동하는 것이 좋습니다
거룩한 태도는 당신을 밀어 내릴 것입니다
사람들은 당신이 힘들게 얻은 왕관을 왕좌에서 끌어내릴 것입니다
교만한 태도는 당신의 선의를 위해 무덤을 파낼 것입니다
당신의 허세 넘치는 몸짓 언어가 당신을 언덕 꼭대기에서 밀어낼 것입니다.

새해의 사랑과 애정

새해에 사랑과 행운을 빕니다
그것으로 무지개의 7 가지 색상을 가져 가라.
나무의 색이 바뀌었습니다
비후(Bihu) 축제에서 사람들은 새 옷을 구입한다
모두가 다른 색으로 축제를 즐기고 있습니다.
황소와 소도 새 밧줄로 묶여 있습니다
어떤 사람들은 더 나은 미래를 위해 쓰레기를 하나님께 맡깁니다
새해에는 증오, 질투, 자존심을 버리십시오
엿보는 나무 아래, 북소리(dhool)
젊은 무용수들은 행복하고 명랑합니다
비후(Bihu) 축제 기간 동안 아쌈(Assam)은 낙관적인 분위기에 휩싸입니다
정글의 코뿔소와 새들도 행복하고 춤을 추고 있습니다
아쌈의 분위기는 축제 분위기이며 쾌활하고 즐겁습니다.

3-4월 아삼의 날씨

날씨가 쾌적하고 아름다워집니다
푸른 하늘에 흰 구름이 흩날린다
도로에서 차량은 빠르게 달립니다
과중한 업무량으로 인해 Pawan은 집을 방문하지 못했습니다
이콘의 마음은 파완의 부재로 인해 우울하다
그녀는 꽃이 만발한 크레이프 재스민 나무를 바라본다
그녀의 마음은 북소리(dhool)를 들으면 명랑해진다
그녀는 친구들과 함께 비후 밭으로 달려간다
엿보는 나무 아래서 모두 함께 춤을 췄다
비후는 아삼 문화의 생명선이다
3월-4월은 날씨가 좋은 시기입니다.

4월의 사랑

축제 분위기의 시간, 내 사랑 4월을 가져 가라.
값비싼 의복이나 장신구를 줄 수는 없다
내 주머니에 돈이 가득 차 있지 않다
그러나 내 마음은 사랑과 애정이다
돈에 대한 탐욕의 길은 가시로 가득 차 있습니다
그러나 사랑의 길은 무한한 향기와 함께
4월은 부자들을 위한 값비싼 선물을 사는 달입니다
제게는 형제애와 사랑을 전하는 달입니다
값비싼 와인 한 병을 선물할 수 없을지도 몰라요
하지만 내 마음은 너를 안아주는 너를 찾아뵙고 싶어
제게는 당신의 행복한 얼굴보다 중요하거나 값비싼 선물은 없습니다
나를 안아주고 기쁨의 미소를 지으면 온 세상이 내 것이다.

데바짓 부얀

낯선 세계

여기는 이상한 세상입니다
부자는 너무 부자이고, 가난한 사람은 입에서 손을 맞대고 있다
동쪽에는 아무것도 없고 잠잘 집도 없습니다.
아무도 가난한 사람들의 비참함에 대해 신경 쓰지 않는다
고급 자동차가 미용실 근처에 정차합니다.
몸단장과 머리 염색에 수천 달러를 썼습니다.
그러나 길가에 앉아 있는 거지를 위해 한 푼도 아끼지 않았다
이것은 정말 지고한 동물 인간의 이상한 세계입니다
매 순간 사람들은 터무니없는 일을 하느라 바쁘다
이 세상에서 정직으로 생계를 유지하기가 매우 어렵습니다
그러나 수백만 달러는 사기와 사람들을 속이는 것을 통해 들어옵니다
그러나 더 나은 세상을 위해서는 성실과 정직이 단순합니다.

어머니의 사랑

어머니 어머니, 사랑하는 어머니
어머니 어머니, 다정한 어머니
하늘도 어머니와 같지 않다
사랑은 강물처럼 흐른다
어머니의 사랑보다 더 순수한 사랑은 없다
그녀는 자녀들의 모든 실수를 변명한다
그녀가 아프고 피곤해도 돌봐
곤경에 처했을 때, 모든 사람이 그녀의 팔에 쓰레기를 안고 있다
그녀의 손길과 키스는 최고의 진통제입니다
어머니를 소홀히 하거나 정신적 고통을 주지 마십시오
그녀는 인류애와 형제애 사이의 연결 고리입니다
과거, 현재, 미래가 어머니의 자궁을 통해 흐른다
어머니가 없으면 시간과 문명은 큰 천둥과 함께 멈출 것입니다.

데바짓 부얀

구름

A-apple, B-ball, C-climate 를 가르칩니다.
기후는 매우 빠르게 변하고 있습니다
3 월의 폭우
때아닌 비로 축제를 망쳐 버렸다
사막에서도 폭우가 쏟아져 큰 피해를 입었습니다
그러나 기후 변화에 대해 사람들은 둔감합니다
구름 버스트가 자주 발생하고 있습니다.
언덕과 계획에서 그것은 불행을 가져오고 있습니다
사막, 언덕, 평원은 기후 변화로부터 자유롭지 않습니다.
불규칙해지는 몬순의 방향
비옥한 땅이 외풍과 고통을 겪고 있다
기후 변화를 막는 것이 이제 비전이 되어야 합니다.

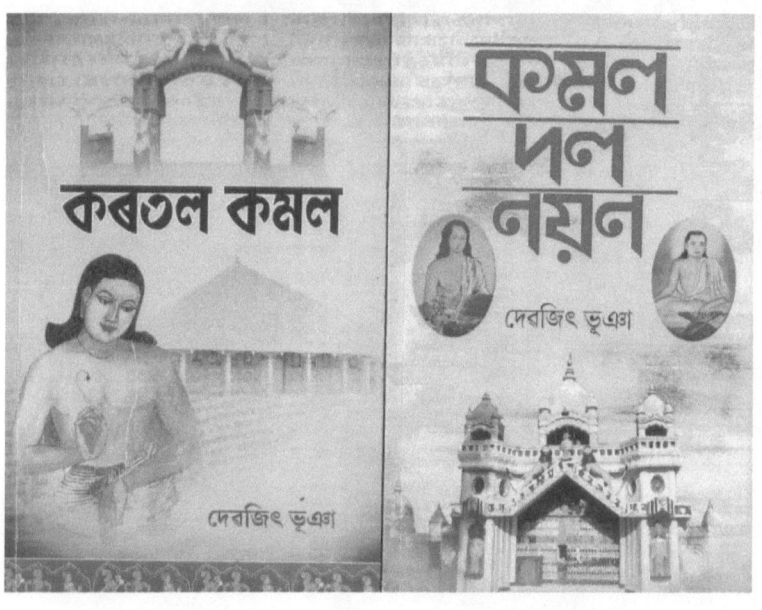

오용

어머니 지구의 자원이 줄어들고 있습니다
그러나 호모 사피엔스의 개체수는 증가하고 있다
물을 오용하지 말고, 에너지를 오용하지 마십시오
옷을 함부로 사용하지 말고, 돈을 함부로 사용하지 마십시오
펜, 연필, 종이 및 플라스틱을 오용하지 마십시오
설탕, 소금, 심지어 한 알의 곡물도 오용하지 마십시오
시간을 잘못 사용하여 기차를 놓치지 마십시오.
수백만 명의 사람들이 여전히 공복으로 잠을 잔다
낭비를 최소화하면 하루에 두 번 식사를 할 수 있습니다
하나님께는 물건의 오용을 줄이는 것이 참된 기도가 될 수 있습니다.

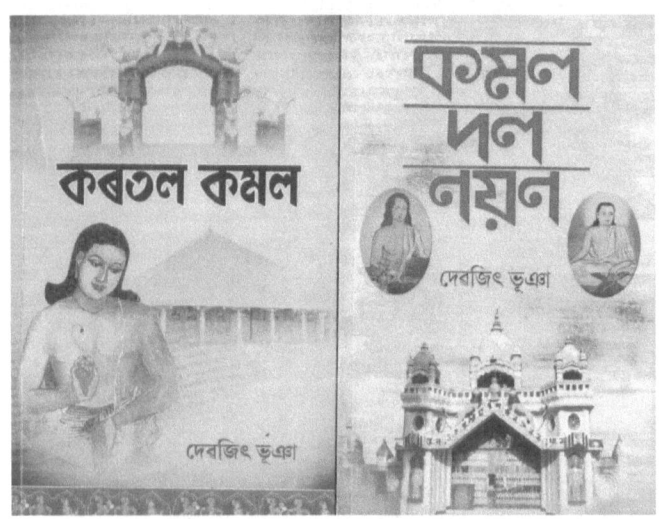

데바짓 부얀

옛날 옛적에

옛날 옛적에 아삼은 자원이 풍부했습니다
작은 도시와 마을에 제한된 거주
뒤뜰 정원에는 나무에 열매가 많이 달려 있었습니다
텃밭에는 푸른 잎채소가 가득했다
연못은 다양한 토착 물고기로 활기차다.
갑자기 인구가 많은 인근 국가에서 사람들이 이주해 왔습니다
그들은 가축을 방목하는 땅을 무료로 점유하기 시작했다
갈등은 원주민과 이주민 사이에서 시작되었다
발화점은 넬리의 이민자 학살이었다
Nelie 는 평화로운 아삼의 역사에서 여전히 무서운 존재입니다
정치는 관용에 대한 상카르데바의 기본 가르침을 망쳐 놓았다.

무가치한 사랑

사랑은 무가치한 마케팅 상품이 되었다
돈을 나눠주면 사람들이 당신을 사랑하고 존경할 것입니다
돈이 있으면 사랑과 웃는 얼굴이 풍성할 것입니다
그러나 치솟는 것은 당신의 일상과 축제 비용이 될 것입니다
너그러움을 멈추면 사랑의 강은 말라 버립니다
교제와 관계를 위해서는 혼자 울어야 한다
아무도 당신이 그들을 위해 한 사랑과 보살핌을 기억하지 못할 것입니다
황금알을 낳는 암탉으로 계속 그들을 위해 멈췄습니다
혼자 세계를 여행하고 모르는 사람을 만나는 것이 좋습니다.
한 푼도 쓰지 않고 누군가의 마음을 얻을 수 있습니다
그 낯선 친구의 사랑은 꿀처럼 평생을 남는다.

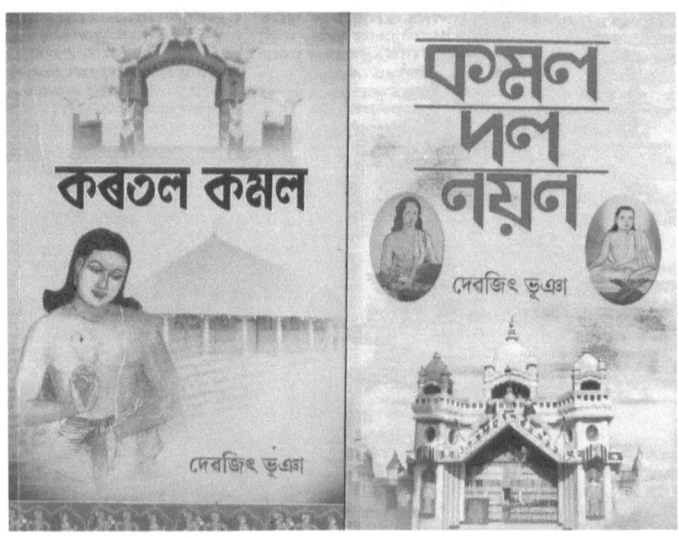

데바짓 부얀

아홈의 600 년 연속 통치

아홈족은 현재 미얀마라고 불리는 버마에서 아삼으로 왔다
그리고 아홈 왕국을 세워 작은 왕들을 물리쳤다
그들은 600 년 동안 아무런 방해도 받지 않고 아삼을 통치했다
더 큰 아쌈을 만들기 위해 모든 작은 민족 집단을 통합하십시오.
이 지역은 농업, 무역 및 궁전 건설로 번영합니다
아삼의 부를 알고 있던 무굴 제국은 아삼을 17 번이나 공격했다
그러나 아홈 왕국을 정복 할 수 없었고, 전설적인 전사가 탄생
후에 아홈 왕자들 사이의 내분은 왕국의 몰락으로 이어졌다
영국군은 짧은 기간 동안 아삼을 점령한 버마군을 쉽게 격파했다
아홈 왕국의 역사와 영광은 영원히 소멸되었습니다.

나는 성공할 것이다

나는 외딴 섬에 사는 이기적인 사람이 아니다
사람과 사회가 없으면 나는 설 자리가 없다
그래서 나는 항상 역동적이지 결코 정적이지 않다
사람들의 힘으로 나는 두려움이 없다
산을 부수고 새로운 강을 파낼 수 있다
사람과 함께라면 독수리처럼 하늘을 날 수 있어요
하늘의 보름달처럼 빛날 수 있어
그래서 저는 정직하고 직원들에게 헌신적입니다
나는 항상 함께 공동체 생활을 영위한다
팀워크와 함께 일하는 것이 저의 발전의 길입니다
그렇기 때문에 저는 저와 팀의 성공을 확신합니다.

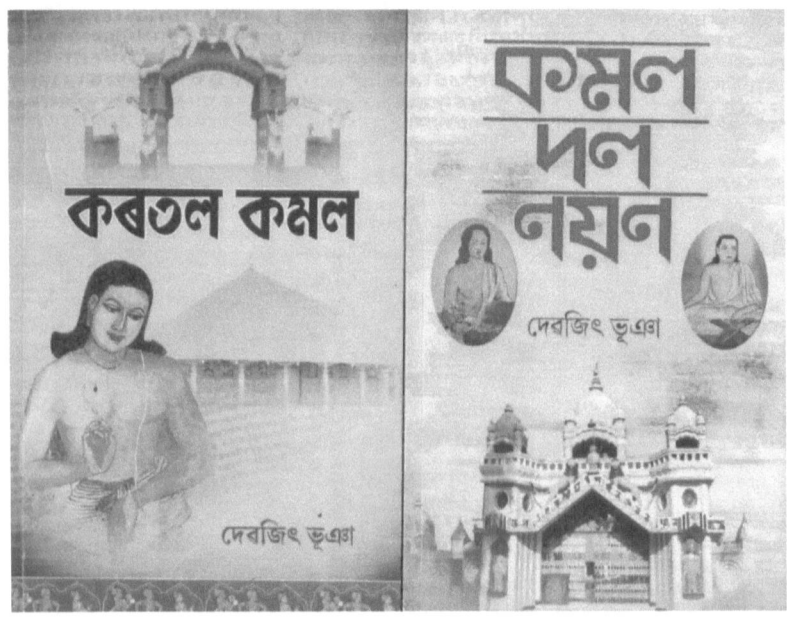

데바짓 부얀

불타는 꽃나무

카담(꽃을 태우는) 나무 위에는 독수리가 둥지를 틀고 있습니다
그 아래에서 코끼리는 열심히 놀고 휴식을 취합니다
어미 코끼리는 근처에 있는 바나나 나무를 바라보고 있습니다
그녀의 송아지는 자유롭게 달리는 작은 바나나 식물을 즐기고 싶어합니다
시말루(bombax-ceiba)에서 날아오는 작은 솜 조각은 거의 없었다
송아지는 같은 것을 잡기 위해 뛰어 올라 그 뒤를 쫓기 시작했습니다
북소리를 들은 어머니는 조심스러워졌다
정글을 향한 힘겨운 이동과 코끼리 열매를 즐겼다
그곳에서도 날아다니는 솜은 하얗게 그들을 맞이했다
자연이 모든 생물과 함께 즐기는 시간입니다.

아랍 사람들

아라비아 양은 크고 넓습니다
그러나 편협한 마음을 가진 사람들은 항상 싸운다
일년 내내 아랍 국가들은 너무 덥습니다
이것이 아랍 사람들이 항상 싸우는 이유일 수 있습니다
하자랏은 이 지역에 평화를 가져오기 위해 새로운 종교를 도입했다
처음에 그는 반역이라고 생각하는 사람들에 의해 밀려났다
비록 나중에 무함마드의 종교가 급속히 성장하였지만
아랍 이성의 평화는 영구히 사라졌다
여전히 이 지역에서는 아무런 해결책도 없이 전쟁이 계속되고 있습니다
아랍인들은 여성해방과 함께 현대적 사고를 필요로 한다.

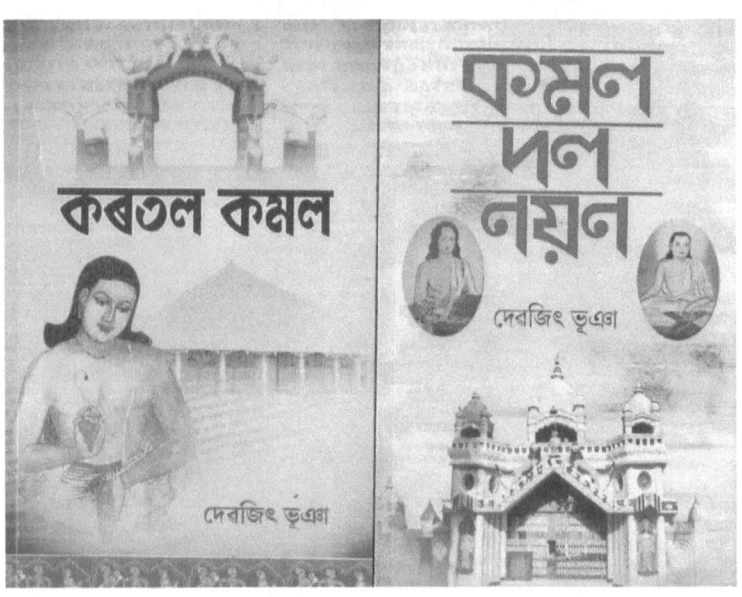

밀림

정글과 숲은 동물이 통제해야 합니다
호모 사피엔스(homo sapiens)로 알려진 소위 지성체에 의해서가 아니다
이 세계는 한 종의 것만이 아니다
모든 종은 이 행성에서 살고 생존할 권리가 있습니다
우리는 똑똑할 수 있지만 지구를 파괴할 권리는 없습니다
생태학적인 균형은 또한 인간의 생존을 위해 해야 한다
정글의 동물에 대한 기록은 환경을 지속 가능하게 만들 수 있습니다.

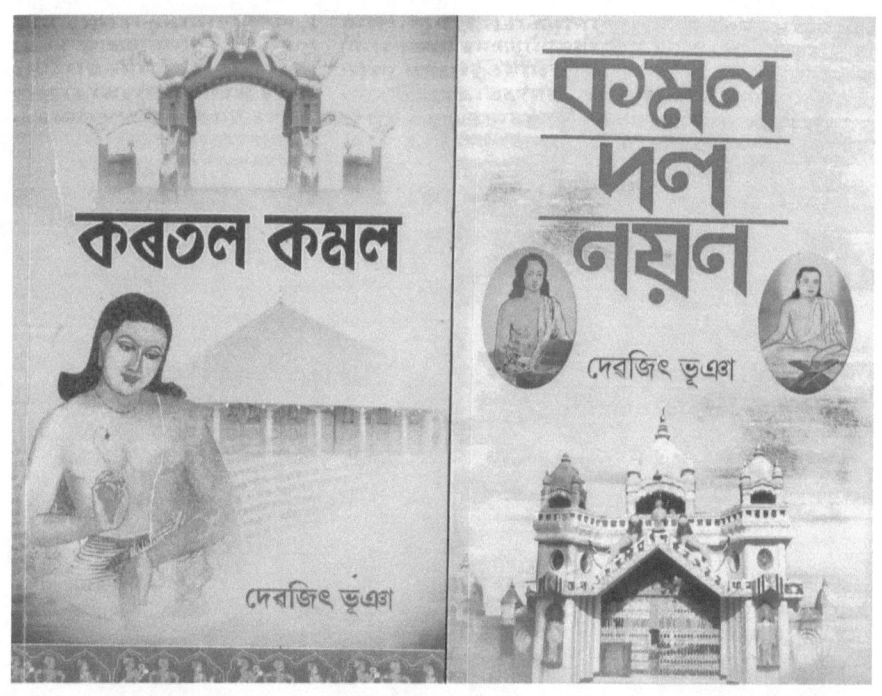

Khaddar(카디 천)

손수 만든 카디 천을 장려
피부와 인도 경제에 좋습니다.
한때 도시에서는 카디가 방치되었습니다
그러나 이제 사람들은 그 가치를 알고 있습니다
간디는 차르카(charkha, 물레)를 통해 카디를 전파했다
카디는 인도 농촌 경제의 성장을 도왔습니다
수천 명의 농촌 사람들이 현금 흐름을 가지고 있었습니다
마을 여성들에게 힘을 실어준 카디
그러나 방적기와 폴리에스터는 Khadi 에게 큰 타격을 줍니다
이제 서서히 카디가 인기를 얻고 있습니다.
독립의 역사에서 카디는 영원히 기억될 것입니다.

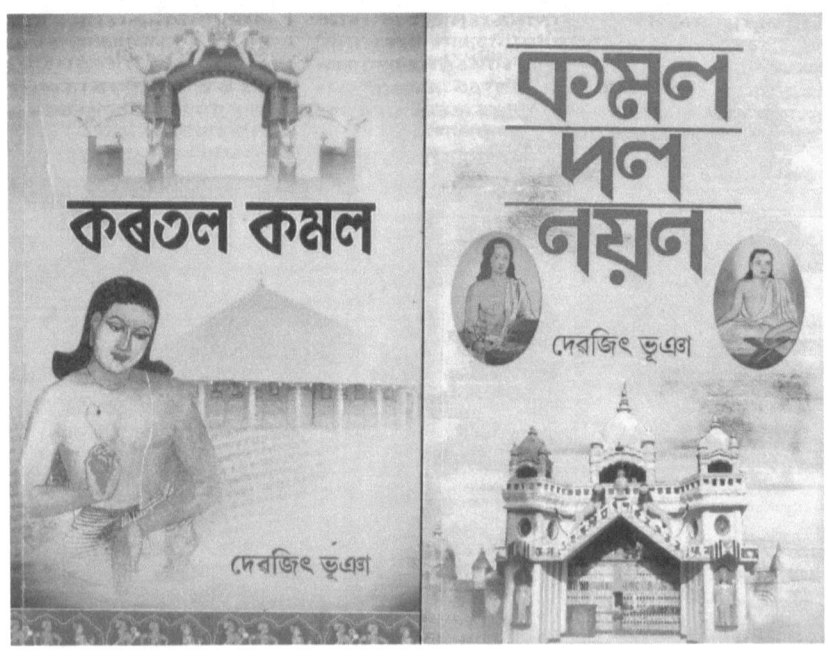

데바짓 부얀

아쌈의 향수 (Agarwood oil)

아쌈의 향수는 아랍 세계에서 매우 인기가 있습니다
세계 어느 곳에서도 이렇게 다양한 한천이 생산되지 않습니다
Ajmal 은 아라비아, 유럽 및 미국에서 브랜드를 알렸습니다
현재 방글라데시와 호주에서도 인기가 있습니다
아쌈의 정글에서 침향나무가 자랍니다
특정 곤충 번식과 함께 한천 기름이 흐릅니다
한천의 향기는 독특하고 무슬림들 사이에서 인기가 있습니다
그 근처에 있는 모든 인공 향수는 짧고 가늘다.

홍수

오 너의 큰 강, 오 너의 얕은 강

홍수를 통해 혼란을 일으키지 마십시오

농작물을 파괴하고 비옥한 토지를 훼손하지 마십시오

가난한 사람들은 당신의 행동으로 인해 가장 큰 고통을 겪었습니다

폭우가 쏟아지는 동안에는 어떤 경로로든 흐를 수 있습니다

홍수로 인해 많은 문명이 타격을 입었습니다

강은 인류 문명의 생명선이지만

지금까지 댐도 해결책을 제시할 수 없었습니다

댐 붕괴로 인한 재해는 거의 발생하지 않았습니다

오, 그대의 힘찬 흐름이 서서히 고요해지고 고요해지는구나.

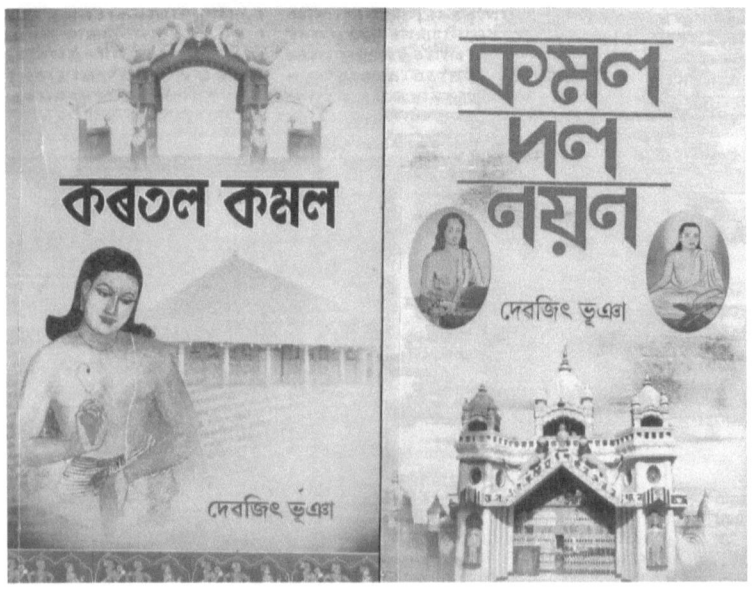

데바짓 부얀

일의 열매 (카르마)

모든 사람은 좋든 나쁘든 자신의 일의 열매를 누려야 한다
뉴턴의 제 3 법칙은 보편적이고 피할 수 없다
선행과 선행은 선한 결과를 낳는다
나쁜 행동과 행위로 인해 고통을 겪게 될 것입니다
카르마의 결과나 열매에 면역이 있는 사람은 아무도 없습니다
좋은 일을 하고, 좋은 일을 하는 것이 산카르데바의 법이다
사람, 사회, 동물의 왕국에 좋은 일을 하십시오
죽을 때 평화, 평온, 존경을 찾을 수 있습니다.

질투

다른 사람의 성공을 보기 위해 질투하지 마십시오

더 나은 성취, 그렇지 않으면 인생은 냉담해질 것입니다

질투하면 절대 유명해질 수 없습니다

항상 다른 사람을 비판하는 것은 당신의 삶을 구멍이 뚫리게 할 것입니다

질투심에 불타는 대신에, 엄청난 일을 하라.

질투와 자존심은 당신의 사악한 동반자입니다

그들은 결코 당신이 챔피언이 되는 것을 허용하지 않을 것입니다

오히려 그들은 당신의 좋은 친구의 의견을 망칠 것입니다

인생의 성공, 질투의 추방, 자아가 좋은 해결책입니다

나쁜 동료를 포기하면 뇌가 창의적인 시뮬레이션을 시작합니다.

데바짓 부얀

모든 것이 평소와 같이 진행될 것입니다

내년에도 내가 살아 있을지 없을지
지구는 자전과 공전을 할 것입니다
계절은 오염으로 평소와 같이 바뀔 것입니다
영구적인 해결책이 없을 수도 있습니다
그러나 모든 것이 평소와 같이 진행될 것이며 아무 것도 신경 쓰지 않을 것입니다.
내 상한 마음은 내가 죽을 때까지 함께하지 못할 것이다
그러나 상한 마음을 가진 사람들은 희망과 믿음을 지킬 것입니다
삶의 고통을 감당할 수 있는 능력으로 어떤 이들은 작별을 고할 것이다
거듭된 좌절에도 불구하고 어떤 사람들은 한 번 더 시도할 것입니다
그럼에도 불구하고 행성은 계속 움직일 것입니다.
우리 우주의 기원에 관한 새로운 이론들이 나올 것이다
과학자와 철학자의 견해는 다양할 것이다
그러나 우주의 팽창은 멈추거나 역전되지 않을 것이다
물리학의 기본 법칙, 자연은 보존할 것입니다
1년은 세상에 아무런 의미가 없지만, 우리의 기억은 보존될 것이다.
시간, 과거, 현재, 미래의 속성은 되돌릴 수 없습니다
인생은 겹겹이 쌓이고 쌓이듯 왔다가 올 것입니다
큰 사건의 역사조차도 제한된 시간 동안 살아남을 것입니다.
이것은 자연과 창조의 아름다움, 너무나 균형 잡히고 섬세합니다
기쁨과 와인으로 스물스물셋에 작별을 고하세요.

거북이

옛날 옛적에 느리고 꾸준한 경주에서 승리했습니다.

빠르게 움직이는 토끼가 휴식을 취하기로 결정했기 때문입니다

그러나 이제 삼림 벌채로 인해 상황이 바뀌었습니다

거북이와 토끼 모두 이제 명제를 잃고 있습니다

거북이는 단단한 방패를 사용하여 영리한 여우를 속일 수 있습니다

그러나 거북이는 농업 분야에서 생존하고 속임수를 쓸 수 없었습니다

거북이는 입을 다물어야 할 때 입을 벌렸다

안전벨트나 낙하산 없이 하늘을 나는 것은 옳지 않다

두루미나 거북이는 귀에 솜을 사용하지 않았습니다

소음과 환호에 반응하면 항상 분노나 눈물이 생긴다.

데바짓 부얀

까마귀와 여우

여우는 까마귀를 속이고 고기를 맛있게 먹었다
까마귀는 여우의 입에서 암탉을 풀어 줌으로써 복수를 했습니다
까마귀가 자갈을 놓는 냄비에서 물을 마시는 것을 보았습니다.
여우는 포도를 먹으려고 여러 번 뛰어 넘었지만 성공하지 못했습니다
까마귀는 트롤링과 모욕적인 포즈로 실패를 비웃었다
독수리가 양을 들어 올릴 수 있다면, 까마귀는 왜 안 되겠느냐고 생각했다
그녀는 양털 위에 매달렸고, 여우에게는 그것이 가져다주는 즐거움이었다
여우는 대나무 위로 물이 흐르게 해달라고 하나님께 기도했습니다
까마귀가 하늘을 자유롭게 날고 앉는 곳
하나님은 비와 비를 쏟아 부으셔서 여우가 홍수 물 위에 떠 있게 하셨습니다
여우는 실수를 깨닫고 날씨가 다시 맑아지기를 기도했습니다
이웃이 똑똑하고 성공적이라면 질투하지 마십시오
실력 없이 경쟁을 하려고 하면 컨디션이 냉담해진다.

나만의 솔루션 찾기

200년을 살고 싶습니까?
거북이나 대왕고래가 되어 즐기세요
푸른 하늘 높이 날고 싶습니까?
독수리가 되어 시도할 수 있습니다.
건강을 위해 빨리 달리고 싶습니까?
치타가 되면 누구보다 앞서게 될 것입니다
키가 크고 멀리 보고 싶습니까?
기린이 되어 이야기 나무의 잎사귀를 먹습니다.
어떤 통제도 받지 않는 삶을 살고 싶습니까?
인간이 길들일 수 없는 얼룩말이 되십시오
다른 사람과 다투고 짖고 싶습니까?
애마가 되어 다른 사람을 물어뜯습니다.
밤낮으로 잠을 자고 싶으신가요?
코알라가 되어 일하고 싸울 필요가 없습니다.
더 많은 음식을 너무 많이 먹고 싶습니까?
네가 코끼리가 되는 것은 좋은 일이다
여권과 비자 없이 여행하고 싶으신가요?
시베리아 두루미가 되는 것이 최선의 선택입니다
그러나 당신은 지능을 가진 인간이기 때문에
원하는 것과 우선 순위, 자신 만의 솔루션을 찾습니다.

데바짓 부얀

아무도 당신을 끌어 당기지 않을 것입니다

당신이 넘어지면 아무도 당신을 도와주지 않을 것입니다

모두가 왕관을 차지하기 위해 달리고 있습니다

미친 듯이 돌진하면 짓밟힐 수 있습니다

당신의 시체는 디딤돌이 될 수 있습니다

이 움직이는 세상에서 당신은 혼자라는 것을 항상 기억하십시오

아무도 당신의 눈물을 닦아 주고 향유를 발라주지 않을 것입니다

혼자 있을 때는 일어서서 침착함을 유지해야 합니다

결국 모두가 같은 장소에 도달 할 것입니다.

고통, 쾌락, 눈물 모든 것이 몸부림칠 것입니다

그렇다면 왜 매 순간 넘어지는 것에 대한 두려움을 안고 쥐 경주에 참여합니까?

결국 실패나 성공이 중요하지 않다는 것을 알고 있을 때

잃거나 얻을 것이 없는 것처럼 느리고 안정적으로 움직이십시오.

이렇게 하면 여행 중에 스트레스와 통증을 피할 수 있습니다.

질투, 질투, 질투로

그는 하나님의 축복을 위해 여러 해 동안 기도했습니다

마침내 하나님께서 나타나셔서 '내 아이가 무엇을 원하느냐?'

'내가 뭘 요구하든 당장 받아줬으면 좋겠어'

'그런데 왜 그런 축복이 필요한가?' 하고 하느님께서 물으셨습니다

'행복하고 부자가 되고 싶다는 소원을 이루고 싶어요'

내가 너희에게 이 축복을 줄 수 있는 것은 조건부일 뿐, 절대적인 축복은 아니다, 라고 하나님께서 대답하셨다

'내가 받아들일 수 있는 모든 조건', 내 소원만 이뤄줘

'당신은 원하는 것을 얻을 수 있지만, 당신의 이웃은 두 배를 얻을 것입니다'

그러나 다른 사람을 해치려고 하면 모든 것이 사라질 것이라고 하나님은 경고하셨습니다

그 남자는 하나님께서 '아멘(তথা호)'이라고 말씀하시고는 사라졌다고 말했습니다

'2층짜리 아름다운 건물을 지을 수 있게 해 주세요'라고 그 남자는 소원을 빌었다

즉시 이웃에게 4층짜리 건물과 함께 일어났습니다

오, 우리 집에 아름다운 차 10대가 있어야 해요

그것은 그의 이웃에게 20대의 아름다운 자동차와 함께 즉시 일어났습니다

뒷마당에 수영장이 있어야합니다

즉시 이웃에게 두 개의 수영장이 생겼습니다

일주일도 채 안 되어 그 남자는 좌절하게 되었고 이웃을 질투하게 되었습니다

얼마 지나지 않아 그는 이웃의 재산을 보고 화를 냈다

이웃을 이길 방법을 생각한 남자는 미쳐 날뛰었습니다

이웃집을 바라볼 때면 그는 몹시 슬펐다

이웃은 두 개의 수영장 근처를 행복하게 걷고있었습니다

행복한 이웃을 보니 갑자기 해결책이 떠올랐습니다

"내 한쪽 눈이 다치게 놔둬." 남자는 이웃을 바라보며 말했다

그 즉시 그 이웃은 눈이 멀었고 그곳의 수영장에서 쓰러졌다

이웃은 수영을 몰라서 죽었다

그 사람이 말하기를, 오 하나님, 당신의 축복을 거두어 주소서.

필멸과 불멸

죽고 싶다면 불멸이기 때문에 죽지 않을 것입니다

영원히 살기를 원한다면, 죽을 수밖에 없기 때문에 죽을 것입니다

인생의 기본 본능은 영원히 사는 것입니다

그러나 자연의 법칙은 정반대이며, 적자도 죽어야 한다

삶과 죽음이라는 두 가지 상반된 힘이 끊임없이 작용하고 있습니다

그렇기 때문에 종의 진화는 계속되고 있으며 결코 멈추지 않습니다

일부는 몇 시간 동안 살 것입니다. 어떤 사람들은 500년을 살 것이다

그러나 자연은 특별한 대우를 받거나 눈물을 흘리지 않았습니다

당신이 살아 있는 한, 그리고 엄격한 죽음이 시작되지 않은 한 여러분은 필멸의 존재가 아니며, 불멸은 떠나지 않았습니다.

목적을 모른다.

자손을 낳는 것이 인생의 목적이다
아니면 생명의 목적이 유전 암호를 보호하는 것입니까?
더 좋은 음식을 먹고 잘 자는 것이 인생의 목적입니다
아니면 다음 세대가 전할 이야기를 만드는 것이 목적입니까?
돈과 부를 모으는 것이 인생의 목적이다
그리고 천국이나 지옥에 갈 때 모든 것을 버리고 떠나야 합니까?
평화와 행복을 쫓는 것이 인생의 목적입니다
그렇다면 왜 그렇게 많은 활동과 사업을 해야 할까요?
통증을 최소화하고 편안함을 극대화하는 것이 삶의 목적입니다
그렇다면 혼수상태에 빠져 사는 것이 최선의 수단이었을 것이다.
인생의 목적은 살고, 다른 사람을 살게 하는 것인가
그렇다면 우리는 어떻게 닭고기와 양고기와 동물 형제를 먹을 수 있을까?
창조주께 기도하고 사과를 다듬는 것이 목적이라면
왜 우리 조상 돈, 침팬지는 이 과정을 밟지 않았습니까?
목적이 없거나 목적지가 없는 삶
오늘을 행복하고 평화롭게 사는 것이 유일한 해결책입니다.
우리가 목적을 찾으려고 할 때, 우리는 나침반이 없는 깊은 숲 속에 있습니다
교착 상태에 빠지지 않고 자신만의 길을 개척하는 삶을 사는 것이 좋습니다.

힘들게 번 돈은 어디로 사라질까요?

평생 우리는 중력과 마찰을 극복하기 위해 에너지를 얻습니다.

그러나 무중력과 무마찰은 생명체를 동면으로 몰아넣을 것이다

전자기력과 중력을 이용한 핵력은 생명의 근원이다

마찰은 우리의 물질적 삶의 행로를 탐색하는 데 중요합니다

우리가 힘들게 번 돈의 대부분은 중력에 의해 소비됩니다

아름다운 드레스와 장신구는 부수적인 것일 뿐이다

여분의 짐을 다시 운반하려면 에너지를 소비해야 합니다

중력, 전자기력, 핵력을 가지고 노는 것이 생명이다

마찰의 역할은 아내가 하는 것처럼 모든 일을 하는 것이다

음식을 에너지로 변환하고 에너지를 사용하여 힘을 극복합니다.

호모 사피엔스는 생존을 위한 이 일차적인 일을 할 수 있는 대체 자원이 없다

나무는 중력과 마찰의 문제에서 더 나은 위치에 있습니다

음식의 경우에도 광합성은 독특한 비밀이며 쉬운 솔루션입니다.

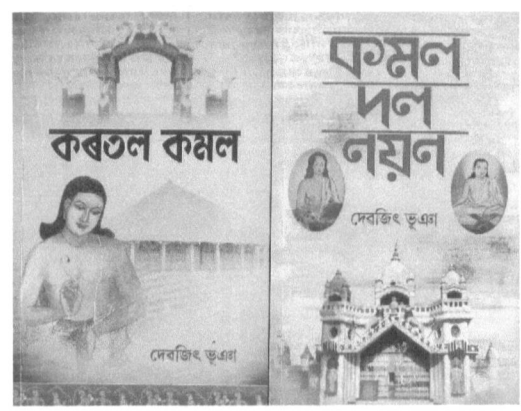

데바짓 부얀

몽구스

그는 증오, 질투, 인간 생활의 복잡성을 알지 못했다

그는 오직 주인과 그들의 자식만을 마음속으로부터 사랑했습니다

그의 사랑과 충성심에 숨은 동기나 기득권이 없다

그는 동물적 본능을 가진 동물이었고 잔인한 인간의 마음을 초월했다

그래서 그는 스승님의 아이의 목숨을 구하기 위해 죽음과 싸웠다

그리고 그는 주인에 대한 성실과 사랑 때문에 성공했습니다

어린 친구를 지키기 위한 그의 분명한 헌신과 의지

그러나 복잡하고 유선적인 인간의 마음은 항상 부정적인 생각을 먼저 합니다

몽구스의 몸에 묻은 피를 보고 그 여인은 즉시 그를 죽였다

왜냐하면, 처음에는 긍정적이고 선하지만, 인간이 생각할 수 있는 사람은 거의 없기 때문이다.

하나님의 축복

하나님의 축복은 내적 평가와 당회의 표시와 같습니다

기도하고, 푸자(puja)를 하고, 돈이나 금을 주면 축복을 받습니다

이 모든 것을 하지 않으면 살아남을 수 있지만 성공은 보류될 것입니다

그러나 기도하지 않고도 이론을 열심히 공부하여 시험에 합격할 수 있습니다

사과 광택제가 없어도 많은 사람들이 더 좋은 이야기를 썼습니다

매일 기도하는 사람들도 질병과 사고로 죽었습니다

헌애자가 아닌 사람들에게도 삶과 죽음은 같은 성분을 가지고 있다

종교 중개인들이 왜 기도를 더 중요시하는지 이해하지 못하십시오

아무도 굶주린 거지의 모습으로 하나님을 본 적이 없습니다

하나님이 물질적 형태로 성육신하셨다는 과학적 증거는 드뭅니다

하나님의 축복을 받기 위해서는 정직, 진실, 성실이 더 좋은 재료입니다.

죽은 나무가 되는 것이 더 좋습니다

나는 해와 달 아래 누워 있는 죽은 나무이다

곧 어머니 지구에 흡수될 빠르게 붕괴

하지만 이끼에게는 곰팡이가 내 시체에 도움이 된다

사후에도 음식과 영양 공급

그들에게 나는 미래의 길을 위한 횃불 든 사람이다

흙에 푹 빠져 그 일부가 될 때까지

점점 더 많은 잡초와 곤충의 새로운 삶이 시작될 것입니다

언젠가 어떤 새가 이곳에 내 종의 씨앗을 떨어뜨릴 것이다

나는 다시 큰 나무로 자랄 것이고, 나뭇가지들은 함께 나눌 것이다

그 과정에서 나는 불멸의 필멸자이며, 나무에 대해서는 모두가 관심을 가져야 한다.

나는 좀비와 함께 살고 있다

나는 좀비 무리 속에서 살고 있다

돈에 대한 탐욕과 정욕에 중독

그들의 가치 체계는 녹으로 썩어 있습니다

쌓인 먼지를 청소할 의향이 없습니다.

오직 돈에 의지하여 믿음과 신뢰를 가지고 있습니다

목표는 부와 불멸을 모으는 것입니다.

영원히 살기 위해 도덕을 잃다

그들의 유일한 목적을 위해, 완전성을 포기할 것이다

아무도 무리의 태도를 바꿀 수 없습니다

부처님, 예수 그리고 다른 사람들은 피곤해졌다

수천 명의 귀족들이 죽고 은퇴했습니다

그러나 탐욕과 욕망 때문에 좀비는 지치지 않습니다.

데바짓 부얀

그리고 인생은 이렇게 흘러갑니다

월요일, 화요일, 토요일 그리고 한 주가 지나갔습니다.
어느 화창한 아침, 매달 회비 납부 시간입니다
1 월이 2 월과 3 월이 되고, 갑자기 12 월이 된다
버스와 기차를 기다리며 시간은 계속 흐른다
공항 라운지에서 기다리는 것은 베인에서 시간 낭비입니다.
목적지에 도달하기 위해 장거리 운전 시간은 쓸모가 없습니다
우리는 인생의 1/3 을 침대에서 보낸다
학생 생활에서 불필요한 것을 배우는 6 시간은 가치가 없습니다
진료실 밖에서 기다리면서 우리는 시간이 느리다는 것을 깨달았습니다
우리가 몇 달을 que 에서 보냈는지는 아무도 계산하지 않습니다
어린 시절부터 시험장에서의 3 시간은 큰 양입니다
더 나은 삶을 살기 위해 우리 자신을 위해 얼마나 많은 시간을 사용하는지는 결코 계산하지 않습니다
같은 주기에서 우리는 빙글빙글 돌고 또 돌고 있습니다
어떤 사람도 정해진 시간 내에 태양 주위를 돌 수밖에 없는 행성이 아니다
편안한 일상에서 벗어날 수 없다면, 햇빛이 없습니다
환상의 성공과 박수를 위한 속도 경주에서 달립니다
자신만의 독특한 방식으로 자신의 삶을 영위하는 것은 뒤처지고 있는 것입니다
시간이 끝나고 무덤에 갈 수밖에 없을 때 아시다시피, 저는 겁이 많고 용감하지 않았기 때문에 다르게 생각한 적이 없습니다

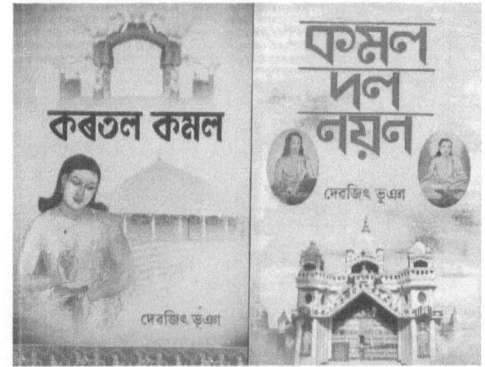

실의

갑자기 마음이 찢어질 때
어떤 사람들은 술에 취해 버렸다
그러나 이것은 입증 된 치료법이 아닙니다
당신의 생명은 쉽게 도둑맞을 수 있습니다
언제든지 무슨 일이든 일어날 수 있습니다.
과거를 잊고 앞으로 나아가는 것은 말하기 쉽습니다
하지만 모든 사람이 게이가 될 수는 없다
상한 마음, 우리가 치러야 할 대가입니다
우리가 고독 속에서 생각할 때, 우리는 길을 찾을 수 있다
매일 아침 태양은 우리에게 새로운 희망과 광선을 보냅니다.
마음이 아프면 자살하는 사람들도 있습니다
그러나 슬픔의 기간에는 결코 빨리 결정하지 마십시오
바깥 사람들의 고통과 아픔을 바라보십시오
절망적일지라도 고통은 서서히 가라앉을 것이다
모든 문제의 해결책은 내부에서만 찾을 수 있습니다.

멈출 수 없는 기술

문명의 성격이 바뀌었다

사람들은 이제 더 많은 정보를 얻고 더 똑똑해졌습니다

칼의 힘으로 종교를 전파하는 것이 어렵다

총구를 통해 공산주의를 강요할 수도 없다

그러나 군부에 의한 민주주의의 탈취는 드문 일이 아니다

어떤 사람들은 아직 공존의 원리를 받아들이지 않았다

그들의 신념을 지키기 위해 전 세계에서 저항이 일어나고 있습니다

그러나 문명의 발전은 끈질기게 계속된다

캐리어 웨이브인 기술은 경계에 대해 신경 쓰지 않았습니다

그리고 이제 멈출 수 없는 들불처럼 인류를 집어삼키고 있습니다

곧 분열된 사회 제도의 모든 악이 폐허로 뒤덮일 것이다.

성 불평등

그녀는 부르카 아래로 눈물을 닦고 하늘을 바라보았다

네 명의 어린 아이들이 그녀의 옷을 잡아당기고 있다

그녀가 어머니를 떠난 것은 불과 6년 전이었다

그녀는 울고 또 울었지만 아무도 그녀의 말을 듣지 않았다

열 명의 자녀 중 맏이가 되어 니카를 받아들여야 한다

그녀의 책임은 또한 여섯 자매에게 있다

맏이가 집에 있는데 어떻게 결혼할 수 있겠는가

그녀는 겨우 열세 살이었는데, 그때 처음으로 삽입이 이루어졌다

그녀가 얼마나 겁에 질려 남편을 쳐다보고 있었는지 아직도 기억합니다

그 남자의 다른 세 아내들도 고통스러운 눈빛으로 그녀를 바라보았다

그러나 그들은 그녀를 새 침실로 보내는 것 외에는 다른 대안이 없었습니다

이제 네 명의 여자는 모두 증오와 질투로 동거하고 있다

먹이고 교육해야 할 자녀들이 있기 때문입니다

그들에게도 같은 일이 일어나지 않기를 바라며 언젠가는 태양이 떠오를 것입니다

그리고 세상은 하나님의 이름으로 이루어지는 성 불평등으로부터 자유로워질 것입니다.

언젠가는 유리 천장이 없을 것입니다

옛날 옛적에 그녀는 화장터에서 죽을 수밖에 없었습니다
그들은 시끄러운 음악과 북을 연주했지만 그녀의 고통스러운 소리는 듣지 않았습니다
그녀는 노예처럼 취급되었고 남성을 섬기기 위해 노예 노동을 강요당했습니다
왕비조차도 평생 눈을 가린 채 살았는데, 이는 왕이 눈이 멀었기 때문이었다
그녀는 오로지 남성의 자아를 만족시키기 위해 아무런 이유와 논리도 없이 추방당했다
그녀조차도 사람들 사이에서 남편의 이름을 발음할 수 없었다
그녀는 집에서 새장에 갇힌 새처럼 살았고, DNA를 보존하기 위해 알을 낳았다
종교 중개인들은 심지어 그녀가 사원에 들어가는 것을 금지하기까지 했다
그러나 문명의 빛을 전하려는 그녀의 용기는 결코 꺾이지 않았다
그래서 우리는 여전히 그 나라를 모국이라고 부르고 언어를 모국어라고 부릅니다
그녀는 이제 열린 하늘의 새장에서 벗어났지만 많은 높이에서 날아야 합니다
언젠가는 성별 차별이 없어지고 유리천장이 사라질 것입니다
모성의 존엄성과 여성성의 아름다움은 그 누구도 더럽힐 수 없을 것이다.

데바짓 부얀

하나님은 그의 기도원에 관심이 없으시다

세계는 모스크, 교회 및 사원으로 가득 차 있습니다

그러나 세상의 평화와 형제 관계는 종종 무력화된다

폭력과 전쟁 없는 인류애에 대한 해결책은 간단하지 않다

신의 이름으로 모든 종교는 반칙과 드리블을 한다

라마단 성월에도 사람들은 문제를 일으킵니다.

하나님은 세상 어느 곳에서도 그분의 기도원을 보호하려고 하지 않으셨습니다

파괴된 모스크, 교회, 사원에 대해 그는 차갑다

신의 이름으로 자행되는 살인을 막기 위해 그는 결코 대담하게 시도하지 않았다

진화와 자연적 과정을 통해 모든 것이 펼쳐집니다

언젠가는 수동적이고 활동적이지 않은 하나님이라는 개념은 팔리지 않은 채로 남게 될 것이다.

하나님의 이름으로 사람들을 분열시키는 것은 인류에게 불행을 안겨 주었다

소위 거룩한 도시들은 수익성 있는 보고를 열었다

무기 탄약을 사기 위해 종교 지도자들은 고리대금을 하고 있다

이제 테러리즘과 폭력의 시대, 종교적인 장소는 보육원입니다

유일한 예외는 라마신을 가진 불교 승려입니다.

작성자 정보

데바짓 부얀

직업이 전기 엔지니어이자 시인인 DEVAJIT BHUYAN 은 영어와 모국어인 아삼어로 시를 짓는 데 능숙합니다. 그는 Institution of Engineers(인도), Administrative Staff College of India(ASCI)의 펠로우이자 차, 코뿔소, 비후의 땅인 아삼의 최고 문학 단체인 Asam Sahitya Sabha 의 종신 회원입니다. 지난 25 년 동안 그는 여러 출판사에서 45 개 이상의 언어로 출판된 70 권 이상의 책을 저술했습니다. 그가 모든 언어로 출판한 책은 총 157 권에 달하며 매년 증가하고 있습니다. 그가 출간한 책 중 약 40 권은 아삼어 시집, 30 권은 영어 시집, 4 권은 어린이용, 10 권 정도는 다양한 주제를 다루고 있다. Devajit Bhuyan 의시는 지구에서 사용할 수 있는 모든 것과 태양 아래에서 볼 수 있는 모든 것을 다룹니다. 그는 인간에서 동물, 별, 은하계, 바다, 숲, 인류, 전쟁, 기술, 기계, 그리고 가능한 모든 물질과 추상적인 것들에 이르기까지 시를 썼습니다. 그에 대해 더 알고 싶으시면 *www.devajitbhuyan.com* 를 방문하시거나 그의 유튜브 채널 *@careergurudevajitbhuyan1986* 보세요.

www.ingramcontent.com/pod-product-compliance
Lightning Source LLC
LaVergne TN
LVHW041849070526
838199LV00045BA/1505